매사냥꾼

정범종 장편소설

매사냥꾼 정범종 장편소설

초판1쇄 찍은 날 | 2023년 9월 27일
초판1쇄 펴낸 날 | 2023년 10월 10일

지은이 | 정범종
펴낸이 | 송광룡
펴낸곳 | 문학들
등록 | 2005년 8월 24일 제 2005 1-2호
주소 | 61489 광주광역시 동구 천변우로 487(학동) 2층
전화 | 062-651-6968
팩스 | 062-651-9690
전자우편 | munhakdle@hanmail.net
블로그 | blog.naver.com/munhakdlesimmian
값 14,000원

ISBN 979-11-91277-74-6 03810

매사냥꾼

정범종 장편소설

문학들

| 차례 |

텃밭

＊

　블랙 호크(Black Hawk)가 비구름 속에서 하강하기 시
작했다.

　검은 매든 참매든, 매는 하늘에 떠 있을 때 날갯짓 소리
가 거의 없다. 이 헬기는 검은 매라는 이름에 어울리지 않
게 프로펠러 소리가 크다. 소리는 당장이라도 비구름을 깨
뜨려버릴 기세였으나 귀만 먹먹하게 만들어 놓았다. 정한
초는 귓속에 화약이 쟁여져 있는 기분이었다. 앞이 비구
름에 막혀서 포연 속에 서 있는 듯했다. 그가 철책 너머로
본, 벼랑을 넘어가는 참매처럼 헬기가 확 상승하면 귀가

뚫리고 전망이 트일 것이다.

몇 분 전에 헬기는 돌풍에 휩싸였다. 기체가 통째로 흔들렸고 잠시 후에 흔들림에서 벗어났다. 헬기가 수평을 유지하고 날아가자 그는 대대 헬리포트까지 이상 없이 갈 거라고 여겼다. 대대본부에서 할 일을 점검해 보고 있을 때 헬기가 하강하기 시작했고 조종사의 눈빛이 흔들렸다.

헬기가 계속 하강하자 정한초가 조종사에게 명령했다.

"상승해."

"······."

"즉시 상승해."

조종사 얼굴은 땀범벅이었다. 정한초는 지휘봉을 꺼내 들고 정면을 노려보았다. 매의 눈으로 경계에 임해야 한다고 자신에게 일렀고 부하들에게 교육했다. 지금은 비구름 속이어서 눈길이 잡아내는 건 없었다.

"고장인가?"

"네, 대대장님."

"왜?"

"전자 장치는 이따금 오작동을 일으킵니다."

대답하는 동안에도 조종사의 눈길은 계기판에 박혀 있었다.

"미국산 최신 헬기라더니 고장이 뭔가, 고장이."

정한초가 손바닥 크기의 계기판 하나를 지휘봉으로 툭 쳤다. 조종사가 그에게 고개를 돌렸다. 제 영역을 침범당한 매처럼 눈빛이 번쩍거렸다.

헬기는 상승하지 못하고 있었다. 정한초는 지휘봉으로 손바닥을 두들겼다. 조종사가 보고 사항이 있다고 했다.

"보고해."

"첫째 보고 사항은 통신입니다. 블랙 호크가 돌풍에 휩싸인 직후 사단본부와 연락이 끊겼습니다. 사령부와도 마찬가지. 계속 연결을 시도했지만 현재까지 통신두절입니다."

"재개 가능성은?"

"낮습니다."

"다음 보고 사항은?"

"현재 위치입니다. 계기 고장으로 고도를 알 수 없습니다. 분명한 것은 블랙 호크의 하강입니다. 제가 판단한 상황은 이렇습니다. 블랙 호크는 산봉우리 위에서 계곡을 타고 산 밑으로 하강 비행을 계속하고 있다. 높은 데서 낮은 데로 천천히 날아내리는 패러글라이딩과 같은 상태이다. 문제는 방향입니다. 블랙 호크는 지금 북쪽으로 가고 있습니다."

정한초가 북쪽이란 단어를 정확하게 듣지 못한 듯이 물었다.

"북쪽?"

"네."

"당장 되돌려."

"검은 매가 말을 안 듣네요."

"오 준위는 이 검은 매를 부리지 않나?"

"그렇다고 믿어 왔는데 지금은……. 대대장님은 수백 마리의 매를 휘하에 둔 매사냥꾼이시지만 저는 한 마리의 검은 매도 부리지 못하는 군인인 모양입니다."

정한초가 지휘하는 대대는 DMZ 남방한계선의 철책을 지킨다. 그는 GOP 부하들에게 매의 눈을 지니라고, 응시(凝視)하지 말고 응시(鷹視)하라고 강조한다. 부하들은 매이고 그는 매사냥꾼이다. 그가 매를 부려서 사냥하는 건 철책 너머 적의 움직임이다. 그 어떤 움직임도 놓쳐서는 안 된다.

대대본부는 철책에 인접해 있다. 대대 위수 지역을 벗어나는 경우는 주로 후방의 사단본부로 갈 때이다. 오늘도 사단본부에 다녀오는 길이다. 육군본부가 시행하는 '1991년 전력 증강 사업'의 상반기 점검을 앞두고 사단 내 대대장 회의가 있었다.

대대 위수 지역은 주로 산악이어서 이런 5월에도 국지적인 폭우가 잦다. 어젯밤에도 천둥 번개를 동반한 폭우가 내렸다. 그 때문에 산사태가 나서 대대본부에서 사단본부로 이어지는 작전도로가 20m나 유실되었다. 아침에 정한초는 대대본부에서 유실 지점 직전까지는 지프를 탔다. 거기서부터 사단본부까지는 작전참모와 통신병을 데리고 구보했다. 8km여서 마흔한 살의 그에게는 상당히 벅찬 거리였다.

사단본부에서 사단장과 부사단장에게 인사할 때 대대장 정한초, 회의 참석차 왔습니다, 하고 의례적인 인사만했다. 구보로 왔다는 말까지는 하지 않았다. 회의실에서는 육본 지침에 따른 사단의 전력 증강이 주제였고 휴게실에서는 지난해의 걸프전에서 나온 컴퓨터 전쟁이란 개념이 화제였다.

컴퓨터 전쟁에는 스마트 무기가 등장한다. 원격조정의 크루즈 미사일과 토마호크, 레이더를 피하는 나이트호크 스텔스 전폭기(F-117A), 비 투(B-2) 스텔스 폭격기, 공중조기경보기, 무인정찰기, 첩보위성…… 현대전은 스마트무기로 수행되고 지휘관은 컴퓨터 모니터를 주시한다. 아군 병사는 토네이도나 스텔스 전폭기가 이륙할 때 활주로 가장자리에서 배기가스에 쓸려가지 않도록 낑낑거리면서 깃발 신호나 보내고 서 있다. 적병은 전폭기가 퍼부어대는 폭탄에 죽는다. 그냥 죽는다는 말로는 정확하지 않다. 녹아서 사라져버린다고 해야 정확하다. 나이트호크 스텔스 전폭기 한 대가 출격해 투하하는 폭탄의 위력은 웬만한 도시를 없앨 정도이다.

컴퓨터 모니터를 보면서 하는 전쟁. 이건 전쟁이 아니라 컴퓨터 게임이라고 말하는 장교들이 있다. 지휘관은 컴퓨터 게이머이고 전쟁은 게임이라고 한다. 최근 전쟁이 컴퓨터 게임과 닮았다는 건 정한초로서도 인정할 수밖에 없는 사실이다. 크루즈 미사일 탄두에 장착된 카메라로 목표물 명중 여부를 컴퓨터 앞에 앉아서 확인할 수 있다. 스마트 미사일은 GPS에 의해 목표물로 날아가기 때문에 빗나가는 경우란 거의 없다. 스마트 무기로 적을 죽이되 그와 맞닥뜨리지 않는, 컴퓨터 게임 같은 전쟁. 당연한 얘기지만 항복할 기회마저 주지 않는 전쟁. 이런 전쟁은 곧 하이테크 전쟁이며 이는 실험에 실험을 거듭하며 진화한다.

'전쟁과 실험'이란 말을 정한초가 들은 데는 텔레비전의 내셔널 지오그래픽 채널이었다. 그곳의 '차세대 전쟁'이란 프로그램에서 미국 워싱턴에 있는 국방연구원의 한 연구원이 그랬다. '모든 전쟁은 다음 전쟁을 위한 실험에 불과하다.' 이어서 연구원은 '전쟁은 스스로 진화한다.'라고 했다. 정한초는 그 진화의 끝이 어딘지 알 수 없었으나 전쟁터에 인간이 부재하는 전쟁이 아닌가 하고 짐작했다. 그러면서 영화에서 본, 인공지능(AI)을 지닌 로봇이 전쟁을 수행하는 장면을 떠올렸다.

정한초는 오후 회의를 마치고 부사단장에게 인사를 갔다. 부사단장은, 정한초가 소대장이었을 당시에는 직속상관인 대대장이었다. 대대장은 다른 부대로 옮겨갔다가 광주사태 때 출동해서 훈장을 받았다. 부사단장이 되자 정한초를 그의 휘하로 불러들였다. 그의 기대에 부응하기 위해서 정한초는 밤낮으로 뛰었다. GOP는 물론이고 GP의 운용에서 지적을 받는 일은 없었다. '1991년 전력 증강 사업'의 상반기 점검을 앞둔 오늘 회의에서도 지적을 받지 않았다.

부사단장은 일본 지바에서 열린 세계탁구대회에서 남북 단일팀이 한반도 깃발을 들고 출전해 우승한 걸 화제로 삼았다. 남북이 하나의 팀이어서 이겼어. 안 그래? 네, 단결하면 힘이 세지죠. 단일팀을 정 중령은 단결로 해석하나? 그런 것 아닙니까? 정 중령을, 부대원들이 매사냥꾼이라고 부른다고 하더군. 부대원들을 사냥매로 대하는 정 중령에게 어울리는 별명이지. 그런데 말이야, 매사냥꾼은 매보다 더 눈이 예리해야 해. 그 눈으로 남북 단일팀을 잘 살펴봐. 정한초는 단일팀의 게임을 되새겨 보았다. 단결이 승리의 가장 큰 요인이라는 데는 변함이 없었다. 남북 선수가 하나 돼 이긴 겁니다. 승리의 요인은 단결입니다. 아니지. 그건 경쟁이야. 남측 선수도, 북측 선수도 지려고 하지 않았어. 누구한테? 바로 단일팀의 팀원한테. 단일팀의 팀원한테 져서는 안 된다고 모든 힘을 쏟아내다 보니 다른 팀을 이겼어. 단결이 아닌 경쟁이야. 부대의 힘도 마찬가지야. 대대와 대대가 내부에서 경쟁해야 해. 그래야 나중에 적에게 이겨.

정한초가 작별 인사를 하자 부사단장은 UH60 블랙 호크를 타고 대대로 귀환할 수 있도록 조처해놓았다고 말했다. 다목적이어서 재난 시에 수송용으로 쓰이지. 도로 유실로 대대장이 작은 재난을 당했으니 적절한 사용이로구면. 정한초는 그 배려를 기꺼이 받아들였다. 헬리포트로 갔더니 헬기는 타 부대 것이었다. 조종사는 안면이 있는 준위였다. 이 헬기가 왜 우리 사단에 와 있느냐고 조종사에게 묻지 않았다. 관할 밖이면 묻지 않는 게 접적지역 지휘관의 자세였다. 공격용 헬기인 코브라 아닌 부사단장 말을 빌리자면 다목적으로 쓰는 UH60 블랙 호크를 가지고 시시콜콜한 것까지 굳이 알고 싶지도 않았고.

사단 헬리포트에서 헬기에 올라탈 때 프로펠러 너머로 먹구름을 보았다. 둥글둥글한 먹구름 덩이들이 전투부대 밀집대형의 투구 모양으로 겹쳐 있었다. 비는 내리지 않았다. 헬기는 일백여 미터를 떠오르자 더는 고도를 높이지 않았다. 먹구름 덩이 아래를 날아갔다. 동아산 남쪽 끝자락의 대대 헬리포트에 16시 정각에 내릴 예정이었다. 동아산 정상은 DMZ 안에 있지만 산줄기는 남방한계선의 철책 너머에까지 뻗어와 있다. 맑은 날 동아산 등성이에서 서북방의 마식령산맥이 맨눈으로 확인된다. 산맥 일부인, 개성 북방의 천마산과 대둔산 위치도 눈짐작해 볼 수 있다. 대둔산은 친아버지의 고향 근처에 있는 산이다. 이십 년이 다 돼 가는 군대 생활 동안 친아버지 고향이 보이는 곳에서 근무하기는 처음이다.

헬기는 대대 헬리포트를 3킬로미터쯤 앞에 두고 돌풍에 휩싸였다. 고폭탄 폭발 시의 섬광보다 더 번쩍이는 번개가 명멸했다. 적의 대공포 포탄이 주위에서 계속 터지는 듯했다. 헬기가 진저리 쳤고 정한초는 표정이 굳어지지 않도록 헛기침을 해댔다. 그가 손으로 얼굴을 쓸자 조종사가 농담을 했다. 공격용 코브라는 사격장에서 자주 사정을 하지요. 온몸을 떨면서. 이 블랙 호크는 다목적이어서 사정하지 않지요. 욕정을 발산하지 못해 욕구 불만이라고요. 그걸 모처럼 발산하나 봐요. 보세요, 절정에 이르렀는지 격렬하게 몸을 떨고 있어요. 이놈이 요즘 민간에 나가 긴급 구조 작업을 한 탓에 늘어 빠진 그쪽의 물이 들었다고 여겼는데 오늘 보니 아니군요. 여전히 군대 체질이에요. 화끈하잖아요. 조종사가 농담을 이어갔다. 준위가 중령에게 농담한다는 것은 회식 자리에서도 드문 일이었다. 잠시 후에 헬기가 진저리를 멈추고 정상을 찾았다. 정한초는 안심했으나 헬기는 하강하기 시작했다. 그 하강이 지금껏 이어졌다. 더구나 방향은 북쪽이었다.

헬기에 통신병은 태우지 않았다. 대대장 회의에 배석했던 작전참모에게 붙여주었다. 작전참모는 작전도로 유실 지점으로 가고 있으리라. 그곳 복구 상황을 점검하고 긴급 사항이 있을 시 대대본부로 즉시 보고하라고 작전참모에게 지시해 두었다. 헬기에 통신병이 타고 있다고 해도 사단본부로 무전을 칠 수 없다. 이곳의 위치가 남방한계선 남쪽인지 DMZ인지 구분하지도 못한 상황에서, 북쪽으로 가고 있다고 보고하는 것은 대대장으로서 할 일이 아니다. 설혹 보고한다고 해도 사단본부에서 도움을 줄 방법은 없다. 별다른 지시 사항도 없으리라. 있다면 '최선을 다해 필히 귀환할 것' 정도이리라.

정한초가 정면에서 달려드는 희뿌연 비구름을 노려보았다. 눈앞의 비구름은 이전보다 더 짙어져서 연막탄을 터뜨려 놓은 듯했다. 지금은 장마철이 아닌 봄 아닌가? 무슨 놈의 비구름이 이렇게 짙게 끼어 있단 말인가?

헬기의 하강이 계속됐다. 어느 한순간 추락할 수 있었다. 정한초가 땀에 젖은 손으로 지휘봉을 움켜쥐었다.

비구름이 옅어졌다. 비구름 사이로 언뜻언뜻 굴참나무가 보였다. 이제야 비구름에서 벗어났다고 판단했는데, 둥글둥글한 바윗덩어리들이 박혀 있는 냇물을 보자 판단이 바뀌었다. 헬기는 동아산 기슭을 다 내려와서 비구름 아래를 날고 있구나.

조종사가 배낭을 내밀었다.

"전투식량이 들어 있습니다."

"무기부터 처리해야지."

"무기는 탑재돼 있지 않습니다. 재난 구조용으로 쓰다 보니 비상용 전투식량은 싣고 다니지요."

정한초가 배낭을 멨다.

"여긴 어딘가?"

"DMZ이길 바라고 있습니다마는 아마 북방한계선을 지나……."

세 개의 선이 있다. 첫 번째는 남한과 북한이 1950년대 초에 3년 넘게 싸우고 나서 휴전할 때 그은 휴전선이다. 한반도 허리에서 동서로 이어지는 이 선은 155마일에 달한다. 이 선에서 남북으로 2킬로미터씩 DMZ가 있다. 이곳 끝자락에 두 개의 선이 있다. 남방한계선과 북방한계선. 세 선은 원칙적으로 그 누구도 넘을 수 없으나 남북의 군인들은 자기 쪽 한계선을 넘어가 DMZ에 들어간다. 그렇지만 남쪽 군인은 북방한계선을, 북쪽 군인은 남방한계선을 넘어서는 안 된다. 그곳은 적지이다. 지금, 남쪽 군인인 그가 북방한계선을 넘었다.

사전 통보 없이 아군 헬기가 남방한계선에 접근할 시 아군은 월북하는 것으로 가정하고 포격한다. 오늘 아군의 포격은 없었다. 비구름이 짙어서 우리를 발견하지 못한 것일까? 육안과 망원경 관측이야 그렇다고 해도 레이더는 어찌 된 것일까? 동아산 산기슭이 레이더 사각지대라는 말이 있었는데 그게 사실인가?

정한초가 허리의 K5 권총을 확인하고 나서 망원경을 집어 들었다. 지휘관이 들여다보아야 하는 것은 망원경이 아닌 컴퓨터 모니터여야 한다고 사단장은 강조했다. 사단장은 벙커에 있었고 그는 적지에 있다.

조종사는 계기판 여기저기에 바쁜 손길을 보냈으나 정상으로 돌아올 거라는 보고는 하지 않았다. 헬기는, 너비가 삼십여 미터가량 되는 냇물을 따라 그 위를 날기 시작했다. 헬기 앞머리가 곧 물에 처박힐 정도로 고도가 낮았다.

"대대장님, 마침 냇물 위입니다. 뛰어내리셔야 합니다."

"적지 아닌가?"

"블랙 호크에 있으면 더 위험합니다."

정한초는 조종사와 눈을 맞추었다. 헬기가 정상 비행으로 복귀할 가능성이 조금이라도 있는지 알고 싶어서였다. 조종사가 거수경례를 했다.

"어서 뛰십시오."

"오 준위는?"

"끝까지 노력해야죠."

"헬기가 정상으로 돌아오지 않으면?"

"저는 십칠 년간 헬기를 조종해왔습니다. 헬기가 없다면 나도 없다, 하고 생각해왔지요."

조종사는 정면을 응시했다.

정한초가 문 옆에서 아래를 보았다. 냇물이 휙휙 뒤로 밀려갔다. 낙하 훈련 시 배웠던 대로 두 팔을 편 채 몸을 허공에다 날렸다. 몸이 뒤로 끌려가는 느낌이 오고 이어서 센바람이 얼굴을 때렸다. 눈을 부릅뜨고 있어야 한다고 다짐한 순간 뒤통수가 수면에 부딪혔다. 눈앞에 물방울이 튀어 올랐다.

어제부터 내린 비로 물이 불어나 있어서인지 물살이 빨랐다. 물속에서 팔다리를 저어 몸을 위로 밀어 올렸다. 허리를 세차게 뒤틀어야만 더 빨리 떠오를 수 있다는 걸 알고 있었지만 그렇게 되지 않았다. 마흔 살이 넘으면서 살이 붙은 허리는 뜻대로 움직여주지 않았다.

군모가 떠내려갔다. 군모를 잡으려고 그리로 헤엄쳤다. 뿌연 냇물이 얼굴로 밀려들었다. 군모를 잡고 앞을 보았다. 헬기가 산모롱이 지나서 시야에서 사라졌다. 특공대를 적지에다 낙하시키고 적의 대공포를 피하려고 서둘러 돌아가는 그런 모습이었다.

냇물이 차가웠다. 동아산 계류에다 십 분간 다리를 담그면 발가락이 동상, 가운뎃다리까지 담그면 내가 네 동상, 하고 사병들이 떠들었다. 그 계류가 흘러내려 이루어진 냇물이었다. 그는 냇물이 얕은 가장자리로 나갔다. 냇물이 무릎 깊이인 데서 멈추었다. 허리에 권총은 있었다. 망원경 렌즈도 깨지지 않았다.

국민학교 시절 한국전쟁을 배울 때 군대는 셋이었다. 용감한 우리 국군, 고마운 유엔군, 흉악한 북한 괴뢰군. 군대는 셋이지만 선생님이 말한 장군은 단 한 명이었다. 유엔군 사령관 맥아더. 남한과 북한의 장군은 그 누구도 거론되지 않았다. 동족상잔의 비극이라면서도 동족의 장군은 모두 제외됐다. 선생님은 맥아더야말로 한국전쟁을 승리로 이끈 미국인 장군이라고 했다. 그 장군의 얼굴을 보고 싶었다. 친구 집에 있는 학생 잡지에서 맥아더 사진을 찾아냈다. 선글라스를 끼고 가슴에다 망원경을 매달고 있었다. 그는 사진을 집으로 가져가서 책상 앞에다 붙여 놓았다.

할아버지와 할머니가 이구동성으로 칭찬했다. 한초야, 네가 효자구나. 학도의용군이었던 네 아버지를 잊지 않고 뒤를 이어서 군인이 되려고 하는구나. 그래, 군인 가운데서는 장군이 최고다. 전쟁이 터져도 장군은 죽지 않는다. 그 후로 할아버지와 할머니는 정한초를 장군이라고 불렀다. 할머니는 가끔 강아지라고 부르기도 했지만 할아버지는 언제나 장군이었다. 두 분은 몇 년의 시차를 두고 돌아가셨지만 유언은 같았다. 너는 장군이 돼야 한다.

안개가 빠르게 흘러갔다. 적정이 있는지 살펴보았다. 안개 때문에 확인 가능한 지역은 반경 일백여 미터 이내였다. 냇둑이나 냇물에 적정은 없었다.

상류 쪽에서 폭발음이 들렸다. 고개를 돌렸으나 불빛은 보이지 않았다. 또 폭발음이 들렸다. 연기를 내뿜고 있는 헬기와 조종사가 눈앞에 어른거렸다. 정한초가 거수경례를 했다.

"오 준위, 명복을 빈다."

블랙 호크가 추락했다는 걸 알게 되면 적의 대응은 뻔하다. 헬기 잔해와 사망자의 시신을 수습하고 생존자를 찾게 되리라. 헬기를 타고 다닐 정도이면 생존자는 고급 장교가 분명하리라고 예상해서 대규모 병력을 투입할 수 있다. 우선, 동아산 인근의 병력을 총동원해 추락 지점을 중심으로 해서 근거리 포위망과 원거리 포위망을 이중으로 형성한다. 24시간 경계체제를 가동하고 추적 장비와 군견을 동원한다. 이어서 포위망 내 산봉우리에 헬기로 특수 8군단 병력을 공수하여 위에서 아래로 토끼몰이하는 식으로 수색을 전개한다. 8군단 일부 병력은 목에 배치해 참호를 파고 매복에 들어가게 하고. 여길 당장 떠나야만 적의 근거리 포위망에 갇히지 않는다. 군견에게 냄새를 남기지 않으려면 냇물을 이용해야 한다. 일단 냇물을 따라 몇 킬로미터 내려간 뒤에 숲이 무성한 산기슭으로 옮기는 게 방법이다.

작달비가 군모 챙에 떨어지기 시작했다. 안개가 짙어져서 가시거리가 오십여 미터로 줄어들었다. 정한초는 안개를 은폐물로 삼아 냇물을 따라 내려갔다. 얕은 가장자리여서 무릎 깊이였다. 냇물이 갑자기 깊어지기도 했는데 이런 데는 헤엄을 쳐서 지나갔다. 한 시간가량 냇물을 따라갔을 때 폭포가 나타났다. 이쪽이 위쪽이라서 높이를 정확히 알 수 없었으나 낙차가 큰 건 아닌 듯했다. 폭포 너머로 냇물이 보이고 폭포 소리가 크지 않았다. 그래도 폭포니까 위험할 거라는 판단이 떠나지 않았다. 냇물에서 나가 우회할까 말까 망설였다. 냇둑으로 나가면 군견에게 냄새를 남기지 않으려고 냇물을 타고 걸어온 게 수포로 돌아가는 거였다.

군모, 권총, 망원경을 배낭에다 담고 나서 앞으로 나아갔다. 몸이 앞으로 내팽개쳐지는 순간 아래를 보니 3m가량의 높이였다. 폭포를 따라 떨어진 몸은 소용돌이에 내리꽂혔다. 곧바로 물살이 몸을 휘감아서 내팽개쳤다. 유도에서 힘 좋고 기술 좋은 상대방에게 허리치기 당하는 기분이었다. 눈앞에 폭포수가 만들어놓은 공기 방울들이 가득했다.

몸이 소용돌이에서 맴돌았다. 이렇게 죽는가 하는 예감이 스치고 지나갔다. 돌격 앞으로, 하고 속으로 외치고 팔다리를 내저었다. 물살에서 빠져나가지 못했다.

연어가 폭포에서 뛰어오를 때 밑에서 솟구쳐 오르는 물살의 힘을 이용한다고 들었다. 그는 물살과 맞서지 않고 밑에서 솟아오르는 물살에 몸이 떠밀려 오르는 때를 기다렸다. 아래로 내려가던 몸이 어느 한순간 위로 올라가기 시작했다. 몸이 떠올랐을 때 두 눈을 부릅뜨고 물살을 살폈다. 자잘한 물거품이 섞인 물살의 흐름이 보였다. 그 흐름으로 머리를 들이밀고 팔다리를 힘껏 내저었다. 몸이 소용돌이 밖으로 나갔다.

그가 나온 곳은 폭포 뒤편이었다. 물 깊이는 허리 정도였다. 이곳이라면 당장 적에게 발각될 리 없었다. 여기서 사나흘 버티면 적의 수색 강도가 낮아져 있으리라. 그때 포위망을 벗어나는 게 좋겠다.

*

　물 밖으로 나와 있는 귀의 폭포 소리는 시간이 갈수록 잦아들었다. 물속에 잠긴 몸의 추위는 시간이 갈수록 강해져 온몸을 움켜잡았다. 몸의 어느 한 곳도 그냥 지나치지 않았고 떠나지도 않았다. 어둠이 밀려들고 추위는 더 강해졌다. 몸 구석구석으로 밀고 들어와서 나가지 않았다. 손발은 곱아들고 허리는 감각이 무디어졌으며 눈앞은 침침했다. 추위는 강적이었고 그는 무너지지 않으려고 속으로 소리쳤다. 나는 대한민국 군인이다. 혹한기에 맨몸으로 눈밭에서 뒹굴고 계류로 뛰어들었다. 추위는 격렬했고 나는 더 격렬하게 몸을 놀렸다. 추위를 이겨냈다.

　추위에 맞서기도 버거운데 두통이 왔다. 추위가 가져왔다고 여겨지는 두통에 머리가 욱신거렸다. 이 정도는 문제없다고 자신에게 일렀다. 추위와 두통에 얽매여 있지 않으려고 어머니를 떠올렸다. 남도에서 농사짓는 어머니는 휴가 때나 찾아뵈었다. 전화는 한 달에 한 번 했다. 어머니는 대개 전화를 받지 않았다. 낮에는 들판으로 일을 나가고 밤에는 마을 사랑방으로 놀러 가는 탓이었다. 어쩌다 통화가 되면 정한초는 안부부터 물었다. 어머니는 당신의 안부는 밀쳐 두고 염소와 고양이부터 얘기했다. 염소 한 쌍이 서로 싸웠다가 화해했다, 삼색 고양이가 참새를 쫓아서 뽕나무에 올라갔다, 하고 한참 늘어놓았다. 그 후에는 텃밭이 나왔다. 텃밭의 상추며 아욱을 가지고 기나긴 이야기를 이어갔다. 상추가 쌈을 해서 먹을 정도로 컸다, 아욱이 올해는 향이 좋아서 된장국을 자주 끓인다, 열무는…… 평소 짧은 보고를 선호하는 그로서는 고역이었다.

그는 무심결에 입을 열었다.

"어머니."

텃밭에서 웃고 있는 어머니가 떠올랐다. 텃밭은 초록색이고 어머니 얼굴은 황토 빛깔이다. 땅속에서 막 파낸 그런 붉은 황토가 아니라 밭에서 오래도록 거름을 받아들여 거무스름하면서 불그스름한 빛이 나는 황토.

추위와 두통이 이어지는 가운데 어깨가 퍽퍽해지고 허리가 쑤셨다. 다리가 후들거리면서 몸을 가누기 힘들었다. 코앞에다 계급장을 만들었다. 대령, 준장, 소장…… 장군 계급장의 별이 반짝이자 아들의 눈이 떠올랐다. 지금 서울의 집에서 아들과 아내는 뭘 하고 있을까? 아들이 국민학교에서 친구들과 한 일을 재잘거릴 때 아내는 그걸 들으며 미소 짓고 있을까? 가족은 서울에서 살았고 그는 한 달에 한

두 번 집으로 갔다. 그가 갈 때마다 아들은 친구들과 했던 일을 재잘거렸다.

그가 아내와 함께 마련한 집은 용산에 있었다. 어머니 택호가 용산댁이어서 용산이란 지명에 정감이 갔다. 그리고 집에서는 멀리 육본을 볼 수 있었다. 육본 건물에다 장군 계급장을 오버랩시켜 보곤 했다.

집은 남향이었다. 마루에 햇볕이, 겨울에는 깊이 들어오고 여름에는 가장자리에서 기웃거리다 사라졌다. 마루를 어떻게 꾸밀 것인지를 두고 아내와 얘기했다. 그는 휑하지 않게 화분을 놓자고 했다. 아내가 찬성했다. '마루의 화단'은 화분을 수십 개 놓은 것으로 이루어졌다. 화분에서 화초는 좁다고 아우성을 치거나, 바람을 쐬지 못했다며 축 퍼져 있거나, 햇볕을 제 양껏 받아들이지 못했다며 칙칙한 표정이었다. 이듬해에 분꽃은 큰 화분에다 심고, 나팔꽃은 창문 너머에까지 넝쿨을 뻗게 하여 주고, 옥잠화는 햇빛이 잘 드는 가장자리로 옮겼다. 그래도 화초는 불평불만이 많았다. 그들 부부는 화초와 친근하게 지내려고 마루에다 화분을 들여놓았는데 결과적으로는 화초와 싸우게 된 거였다. 그는 화초와 어울려 지내기 위해 원예 관련 책들을 사 들였다. 집에서 화초를 가꾸어온 방식이 전문가들 조언에서 크게 어긋나지 않았다. 결과는 달랐다. 책에는 이파리에 윤이 나고 꽃이 화사한 화초들이 화분에 서 있는데 마루에서는 아니었다. 책에 나온 화초를 살펴보았다. 음지식물이거나 다육식물이었다. 거기에는 그가 기르고 싶은 화초가 없었다.

마루의 화분을 치워버리고 싶었다. 아내에게 에둘러 말을 꺼냈더니 아내는 많은 노력이 필요하다고 단언했다. 그는 많이 노력했다. 화초를 기르는 게 아니라 그걸 치워버릴 방법을 찾는 데에. 그는 전방에서 근무하다 주말이면 서울의 집으로 왔는데 그때마다 화분을 없애버리자고 했다. 아내가 더 많이 노력하라고 했다. 그는 화분 옆이 아닌 침대에서 더 많이 노력했다. 그래도 아내는 화분을 없애는 데 동의하지 않았다. 그는 채소라면 잘 기를 수 있을 듯했다. 어머니가 고향 텃밭에서 채소 기르는 걸 봤으니까. 마루에서 채소를 기르자. 그의 제안에 아내가 반대하지 않았다. 찬성한 것도 아니었다. 아내 설득에 나섰다. 사실 채소 이파리가 화초 이파리보다 예뻐. 상추 이파리를 봐. 그렇게 빛깔 곱고 모양 좋은 이파리 만나기 쉽지 않아. 거기에다가 채소는 먹을 수 있어. 농약 치지 않을 테니까 이거야말로 믿을 수 있는 먹거리이고. 아내는 좋다고 말하지 않았다. 침대에서 노력하면서 이 정도면 좋다는 말을 최소 세 번은 들을 거라고 여겼다가 한 번도 듣지 못했을 때처럼 그는 맥이 풀렸다. 몇 번 심호흡하고 나서 채소도 꽃 핀다는 걸 거론했다. 무 장다리꽃 알지? 하얀 바탕에 보라색이 살짝 깔려 있는데 이걸 보고 있으면 웬만한 꽃은 저리 가라야. 배추 장다리꽃은 우리가 제주도로 신혼여행 가서 본 유채꽃처럼 샛노란 빛깔이지. 쑥갓꽃은 말이야, 하고 그가 말했을 때 아내가 고개를 끄덕였다. 배추를 기르기로 했다. 작은 화분은 버리고 큰 화분만 남겼다. 늦여름에 열다섯 개의 화분에다 배추씨를 뿌렸다. 그는 배추가 잘 자라면 먹고, 제대로 자라지 않으면 화분을 통째로 버릴 셈이었다. 가을이 되자 마루에는 햇볕이 쑥쑥 들어왔고 배추는 잘 자랐다. 초겨울에는 배추 열다섯 포기로 김장김치까지 담갔다. 그는 서울의 집에서 전방 부대로 김치를 가져가기까지 했다.

정한초는 갑자기 김치가 먹고 싶었다. 아내가 담근 김치. 적지에서 벗어나 부대에 복귀하고 집으로 가게 되면 맨 처음 김치를 먹기로 맘먹었다. 아내가 북으로 넘어간 사람이 어떻게 살아 돌아왔느냐고 묻는다면 당신의 김치를 먹고 싶어서였다고 대답해주리라.

멀리서 총으로 연발 사격하는 듯한 소리가 들렸다. 헬기 소리가 분명했다. 그것도 여러 대였다. 헬기 소리가 점점 커졌다. 폭포가 프로펠러 바람에 흔들거렸다. 헬기 서치라이트가 폭포를 비추었다. 정한초는 물속에다 머리를 집어넣었다. 서치라이트는 물속까지 들어왔다. 인민군이 월북한 헬기의 생존자를 찾고 있는 게 분명했다. 그의 예상과 달리 동원한 병력은 지상군이 아니었다. 미군이 월남전에서 적의 생존자를 소탕하기 위해 그랬던 것처럼 인민군 지휘부는 헬기 부대를 출동시켰다.

사방이 조용해지자 다시 추위가 몰려왔다. 막무가내로 버티기만 하다가는 저체온증에 걸려서 판단이 흐려질 수 있었다. 체온이 더 내려가지 않게 막아야 했다. 폭포 뒤편의 물속에서는 방법이 없었다. 물 밖으로 나가야 했다.

정한초는 냇둑으로 갔다. 냇둑은 어두웠으나 억새밭이란 건 알 수 있었다. 억새는 씨가 날아가버린, 지난해 꽃대를 아직도 세우고 있었다. 빗물을 머금은 지난해 이파리들은 아래로 처져 있어서 그가 발을 옮길 때마다 군화에 엉겨들었다. 거무튀튀한 밑동 주위에 새 억새가 뾰족뾰족 솟아 있었다.

그는 억새밭 가운데 웅크리고 앉았다. 비는 내리지 않

고 먹구름 덩이가 군데군데 떠 있었다. 어디에도 불빛은 보이지 않았으나 사방을 경계하면서 굳어진 몸을 풀기 시작했다. 팔을 휘젓고 다리를 주물렀다. 체온이 올라가는 기분이 들었다. 손으로 발을 주무르기 시작했다. 이러면 손끝과 발끝에 피가 통하면서 체온이 오르게 된다. 그는 손으로 발가락을 마사지했다. 남들보다 큰 엄지발가락, 그것과 길이에서 차이가 거의 없는 다른 발가락들에 피가 도는 느낌이었다.

동이 트고 시야가 약간 밝아졌다. 폭포는 물이 많이 줄어들었다. 안개가 흘러가는 냇둑에 적정은 없었다. 냇둑 너머는 떨기나무 숲이었다. 논밭이 없는 걸 보아서 여기는 인민군 부대 주둔지에서 가까운, 북한 주민 출입금지 지역인 듯했다. 주위를 살피는 동안 비가 내리기 시작했다. 어제 오후처럼 장대비는 아니었지만 억새를 들이치는 소리는 제법 컸다.

적과 교전이 벌어져 전사할 때를 대비해 신분을 숨겨야 했다. 신분증을 군모에 담아 묻기로 결정했다. 두 손을 올려 군모 양옆을 잡았다. 천천히 군모를 벗었다. 중령 계급장을 손으로 쓸어주었다. 억새밭 바닥의 모래를 파냈다. 억새 뿌리를 손으로 잡아채고 강돌 몇 개 들어냈다. 군모를 뒤집어놓고 신분증을 호주머니에서 꺼냈다. 빗방울이 신분증으로 떨어졌다. 군모를 덮으려고 강돌을 집어 들었는데도 손이 나가지 않았다. 군모 속에서 신분증이 그를 올려다보았다.

"잘 가라."

목이 멘 그는 머리를 쳐들었다. 빗줄기가 얼굴로 쏟아져 내렸으나 시원하지 않았다. 그는 강돌을 내던지고 신분증을 움켜쥐었다. 군모를 다시 썼다.

냇물 하류 쪽에서 헬기 소리가 들렸다. 점점 더 커지는 소리는 한두 대가 아니었다. 폭포로 뛰어들어야 할지, 억새밭에서 움직이지 말아야 할지 망설이는 동안 헬기 소리가 그를 덮쳐왔다. 움직이면 발각될 가능성이 크다고 보고 억새밭에 엎드렸다.

안개를 프로펠러로 휘감아 대며 냇물을 따라 날아가는 헬기는 넉 대였다. 헬기 소리가 줄어드는가 싶더니 로켓 포탄이 터지는 소리가 왈칵왈칵 몰려들었다. 이어서 기관총 소리가 들렸다. 정한초는 헬기가 이쪽으로 돌아올 수 있다고 판단했다. 억새밭에서 나와 냇둑을 넘어갔다.

적이 포위망을 구축할 때 생존자가 남쪽으로 향할 것으로 예상해서 그쪽에다 병력을 집중할 게 뻔하다. 북쪽으로 올라가면 포위망이 허술할 터이다. 어쩌면 포위망이 없을 수도 있다. 적이 북방한계선 주위에 집중적으로 매복하면서 북쪽을 아예 열어 놓는 작전을 구사한다면. 그는 북쪽으로 내달렸다.

북쪽의 산기슭으로 들어서자 떨기나무가 무성했다. 관측과 정숙 보행을 반복하며 산기슭을 올라갔다. 북서쪽으로 뻗은 산줄기가 있었다. 그곳의 7부 능선을 타고 나갔다. 세 시간가량을 걸었는데도 인민군이나 북한 주민은 보이지 않았다. 덤불에서 노루가 뛰쳐나와 그를 놀라게 한 것 이외에는 별다른 일이 없었다.

비는 내렸다 그쳤다 했지만 안개는 계속 끼어 있었다. 북서쪽으로 뻗은 이 산줄기를 계속 타고 가면 대둔산에 이르지 않을까 싶었다. 대둔산은 남방한계선 남쪽에서 살펴보았던 바로는 산이 높고 골이 깊었다. 은신하기에 적합한 곳이었다. 대둔산을 목표로 삼아 가기로 했다.

안개가 묽어지기 시작했다. 산줄기가 낮아지더니 산기슭으로 풀려나갔다. 그는 산기슭을 내려가서 작은 냇물을 건넜다. 산자락으로 들어섰을 때 햇볕이 났다. 안개는 다 사라졌고 시야는 넓어졌다. 내 시야만이 아니라 적의 시야도 넓어졌다는 생각이 들었다. 그는 싸리나무밭으로 들어

가서 망원경을 꺼내 앞쪽을 살폈다.

산자락에 앉아 있는 장끼를 발견했다. 장끼는 화려한 꽃이었다. 그 꽃을 뭔가가 덮쳤다. 참매였다. 장끼는 참매에 깔려 낙화처럼 돼버렸다. 참매는 장끼를 제압하고 나서 날개를 펼쳤다. 화려하지는 않지만 활짝 피어난 꽃이었다.

참매는 몸통을 흔들어서 발톱을 장끼 몸속에다 깊이 박았다. 부리로 장끼의 깃털을 뽑아서 내뿌렸다. 깃털이 꽃잎처럼 흩날렸다. 장끼는 아직도 꿈틀거리고 있는데 참매가 살점을 떼어냈다. 그걸 삼키고 나서 대가리를 쳐들었다. 눈썹은 하얗고 눈동자는 노란 테두리를 가지고 있다. 부리는 여느 새와는 달리 윗부리가 갈고리처럼 구부러져 있다. 아랫부리는 윗부리의 구부러진 데로 파고 들어가 위아래가 맞물리게 만든다. 윗부리가 찍어낸 것을 아랫부리가 잡는다. 아랫부리는 내버릴 것은 내버리고 먹을 것은 목으로 넘긴다.

매사냥꾼이란 별명을 지닌 그였기에 이런저런 매에 관해 알아두었다. 매로 여겨지는 새를 보게 되면 사진을 찍었다. 한번은 철책 저 너머에서 나는 매를 보았다. 사진을 찍었는데 멀리 있는 거여서 작게 나왔다. 그리고 흐릿했다. 사진으로는 어떤 매인지 알 수 없었으나 새매가 아닌가 싶었다. 조류학자를 만나게 되자 사진을 보여주었다. 이거 새매이지요? 아니, 참매입니다. 양 날개를 펴면 전체 길이가 60cm가 넘어요. 새매보다 훨씬 더 크지요. 조류학자는 한참 사진을 살펴보다가 말을 이었다. 이 사진으로는 암컷인지 수컷인지 알 수 없네요. 두 마리가 함께 찍혔으면 바로 알 수 있는데. 어떻게요? 암컷이 더 크거든요. 수컷보다 암컷이 크다고요?

참매를 나중에 또 봤다. DMZ 위에 떠 있었다. 한참 선회하더니 날개와 꽁지를 펼치고 정지비행을 했다. 스텔스 전투기 F-35B의 정지비행보다 더 요동이 적었다.

정한초는 망원경으로 참매를 바짝 당겼다. 참매의 등은 거무스름한 빛깔 속에 푸르스름한 기운을 품고 있다.

참매가 장끼의 살점을 떼어냈다. 그가 보아온 살점은, 삼겹살이든 스테이크든, 기하학이었다. 기하학에서도 네모와 동그라미 정도에서 그친다. 참매가 떼어낸 살점은 기하학에 들지 않았다. 정해진 모양이 없었다. 참매가 장끼를 부리로 연달아 찍는 것을 보고 있으니 작업하는 조각가가 연상됐다. 이 조각가는 부리로 떼어낸 조각을 삼킨다. 그의 조각은 남에게 보이려고 어떤 형태를 만드는 게 아니라 자신이 삼키기 위한 것이다.

참매가 날개를 펼쳤다. 장끼의 털이 몇 날리고 이어서 참매가 떠올랐다. 그는 망원경을 움직여서 참매를 잡았다. 일직선으로 날아가고 있어서 계속 잡아둘 수 있었다. 날아가는 모습으로 판단해서는 그가 GOP에서 철책 너머로 봤던, DMZ 위의 참매와 같다.

참매는 남쪽으로 사라졌고 그는 싸리나무밭에서 나왔다. 산자락을 타고 북서쪽으로 향했다. 한 시간 정도 걷고 나자 석회암 바위들이 많아졌다. 그는 작은 바위에다 몸을 기대고 쉬었다. 저 앞에서 부스럭거리는 소리가 났다. 권총을 빼내 들고 작은 바위 뒤에다 몸을 숨겼다. 인민군 한 명 정도는 저격 사격으로 제압할 자신이 있었다.

그는 사격을 잘했는데 소대장 시절에는 일등사수였다. 개인화기로 지급된 M16 소총과 처음 만났을 때 그는 상견례를 했다. 총의 일련번호를 외우고 나서 총을 두 손으로 받쳐 들고 '군인의 본분, 그것은 전투이다.'라고 소리쳤다. 그러고 나서 총에게 명령했다. '너는 언제든 명중해야 한다!' M16은 그의 명령대로 했다. 육사 때부터 친구인 홍진기가 물었다. 소대장이 되더니 사격이 확 좋아졌어. 비결이 뭐야? 나는 소대장으로서 소대원만이 아니라 총도 부하로 여겨. 부하에게 명중을 명령하지. 부하는 그렇게 해. 그의 대답에 홍진기가 고개를 끄덕였다. 장교다운 방식이군. 그런 방식을 그는 지금 개인화기로 쓰고 있는 K5 권총에도 적용했다.

정한초는 바위 옆으로 고개를 빼내 앞을 살펴보았다. 눈길이 가는 곳으로 권총을 옮겨가며 겨누었다. 권총 손잡이가 싸늘했다. 오른손에 힘을 주자 긴장감이 돌았다. 손에 들린 무기는 그를 긴장시킨다. 총이 가장 두드러진다. 총이 그를 긴장시키듯이 그도 총을 그렇게 만든다. 분해해 소제하여 조립하고 나면 총은 긴장한다. 부동자세이다. 그가 정녕 총에서 배우고 싶은 바는 그 자세이다. 스스로는 움직이지 않고 명령이 주어져야만 반응하는 것. 언뜻 보기에는 아무런 소신이 없는 듯이 보이지만 그렇지 않다. 총은 소신에 차 있다. 명령을 따르려는 소신.

앞에서 또 부스럭거리는 소리가 났다. 정한초는 바위 뒤에 엎드렸다. 부스럭거리는 소리가 다가왔다. 오래지 않아서 발소리가 바위 너머에서 들렸다. 발소리는 한두 사람의 것이었고 불규칙했다. 인민군 수색대는 아니었다. 산나물을 뜯으러 온 북한 주민인 듯했다. 북한 주민과 마주쳐 권총을 사용하면 총소리가 산기슭 저 아래까지 내려가리라. 마을 주민들이 듣게 되고 머지않아 이곳으로 인민군이 밀려

든다. 북한 주민을 소리 없이 제거하려면 칼이 필요하지만 그것은 내게 없다.

칼은 소리가 없다. 총은 소리를 지르지만 칼은 말없이 움직인다. 칼은 칼잡이에게서 받은 힘만큼 앞이나 옆으로 나아간다. 이때 말하지 않는다. 살을 헤집고 들어갈 때도, 힘줄과 핏줄을 자를 때도 말없이 행한다. 칼은 묵언 수행을 하는 수도자 같다. 이런 묵묵한 모습에 반한 자는 평생 칼을 사랑한다. 물론 칼은 사랑을 받아들인다는 말도 하지 않는다. 그 묵언이 검객의 사랑을 더욱 깊게 한다.

칼은 가운데가 직선이고 가장자리가 곡선이다. 곡선은 긴장돼 있다. 이 긴장감이 바로 날이다. 날이 날카로울수록 칼은 아름답다. 아름다워야 죽인다. 내 칼의 아름다움은 상대방에게 죽음이다. 그 아름다움을 칼은 있는 대로 다 드러낸다. 독버섯이 자신의 아름다운 빛깔과 자태가 곧 죽음이라는 걸 당당하게 밝히듯이 칼도 그렇게 한다. 칼이 아름다움을 잃을 때가 있다. 사람을 죽일 때. 칼날이 피로 물들어서 아름다움을 잃는다. 칼은 아름다움을 잃는 대가로 사람의 목숨을 가져온다. 이건 칼의 숙명이다.

발소리가 들리지 않았다. 몸을 일으켜 권총으로 앞을 겨냥하고 바위 너머를 살폈다. 저 앞에 산나물을 뜯는, 서른 살 안팎의 여자가 보였다. 여자에게 남편으로 보이는 남자가 다가왔다. 남자가 무슨 말인가를 하자 여자가 손사래를 치면서 깔깔댔다.

남녀는 산나물을 뜯으면서 계속 얘길 나눴다. 정한초는 알고 있는 북한말을 찾아보았다. 인민군, 군관, 동무, 동지, 지도자, 당원, 간부, 뭐 그런 것들이었다. 북한과 인민군에 관한 정훈교육이 있었고 그때 북한어를 몇 가지 들었다. 대부분의 북한말은 우스갯소리 중에 나온, 남녀 관계에 관한 것들이어서 흘려버리고 말았다. 적을 알아보는 차원에서 북한 관련 서적 몇 권을 읽어보았다. 거기에는 북한 문화어를 다룬 부분도 있었으나 관심을 두지 않았다.

남녀의 말은 잘 들리지 않았으나 웃음소리는 분명하게 들렸다. 그들의 웃음소리는 말소리보다 훨씬 더 컸다. 고향 마을 사람들과 닮았다. 고향 마을 사람들도 목소리는 작아도 웃음소리는 컸다. 그리고 그 역시 고향에서 살 때는 그랬다. 채순애와 만나면 소곤거렸는데 웃을 때는 소리를 키웠다. 채순애는 국민학교 다닐 때는 한동네 친구였고 중학교 다닐 때는 연인이었다. 같이 읍내의 중학교로 등하교했다. 그는 밤이면 그녀에게 할 말이 많아졌고 멋진 말이 생겨났다. 그걸 편지지에 옮겼다가 아침에 등교할 때

건넸다. 그녀도 그에게 지난밤에 쓴 편지를 주었다. 그는 도청 소재지의 인문계로 진학하고 그녀는 서울의 공장으로 갔다. 편지가 드물어졌다. 그는 육사를 가려고 열심히 공부했고 편지를 받아도 답장하지 않았다. 그녀는 서울 공단에서 일하며 야간학교에 다녔는데 자취방에 돌아오면 쓰러져 잠을 잔다고 했다. 편지는 끊어졌다. 그는 육사생이 됐고 그녀는 공단의 운동권 노동자가 됐다.

채순애는 운동권 노동자로 살면서 대입 공부를 했다. 정한초가 육사 3학년이 됐을 때 그녀는 대학에 입학했다. 그는 그녀의 입학을 축하해주기 위해 서울 종로의 중국집에서 탕수육과 짜장면을 샀다. 대학생이 된 걸 축하한다. 운동의 터전을 공장에서 대학으로 옮긴 것뿐이야. 새로운 터전에서 내가 만들어나갈 길이 기대돼. 그녀는 웃었으나 그는 웃지 않았다. 시골에서 풀꽃을 보며 웃던 소녀가 왜 운동권이니 뭐니 하는 그런 험한 데로 들어섰을까? 험한 데서 길을 만들어야지. 그게 보람 있잖아? 나는 대학에서도 길을 만들어나갈 참이야. 길이니 뭐니 하고 떠들지만 운동권의 일상은 시위하는 거잖아? 시위하는 걸 두고 길을 만들어간다고 말할 수 있을까? 정한초, 들어 봐. 우리가 중학생 때 읽은 시에는 이런 구절이 있었어. '길은 외줄기 남도 삼백 리.' 길은 이미 정해져 있는 외줄기였지. 전진하는 수밖에 다른 방법은 없었어. 어차피 전진뿐이라면 더 빨리 가자며 돌격 앞으로, 하고 외치는 애들이 있었지. 그래 봐야 고작 삼백 리에 불과했어. 고등학생 때 읽은 시에는 이런 구절이 있었다. '노란 숲속에 두 갈래 길이 있었습니다.' 길은 두 갈래여서 선택의 여지가 있는 듯했어. 하지만 둘 가운데서 하나야. 당시에는 그렇게 둘 가운데서 하나를 선택해야 했어. 남쪽이야 북쪽이야, 흑이야 백이야, 이 동네야 저 동네야? 같은 걸 선택한 이들은 패거리를 지었어. 어디에서든 패거리를 볼 수 있었지. 노동자가 된 나는 공장에서 소설을 읽었어. 거기 이렇게 나와 있었어. '본래 땅에는 길이 없다. 걸어가는 사람이 많아지면 그것이 곧 길이 된다.' 길은 외줄기도 아니고 선택도 아니야. 많은 이들이 만들어내는 것이야. 나는 내 길을 만들려고 해. 다른 사람들은 나와 함께 그 길을 만들 수도 있고 자신만의 다른 길을 만들 수도 있어. 다른 사람들이 어떤 선택을 하든 나는 상관하지 않아. 다만 그런 선택을 하지 못하게 막는 자가 있다면 싸워야지. 내 싸움의 방식은 주로 시위이고 그래서 너는 나를 시위꾼으로 아는 모양이지만 그게 내 전부는 아니야. 나는 길을 만들어가는 사람이야.

여자와 남자가 산나물을 뜯으면서 조금씩 멀어져갔다. 그들이 사라지자 정한초는 움직였다. 바위가 박힌 산기슭을 올라갔다. 적의 후방 깊숙이 들어가야 살 수 있다는 생각으로 쉬지 않았다. 산등성이를 넘어 굴참나무 숲에 이르자 어두워졌다. 그는 굴참나무 밑동에 기대앉아서 배낭에서 꺼낸 비상식량을 먹었다. 휴식을 취하는데 눈이 감겼다.

밑동에 기대어 잠을 자다가 무슨 소리에 깨어났다. 주위를 경계하며 적정이 있는지 알아보았다. 노루로 여겨지는 산짐승이 움직이는 게 보였다. 산짐승이 움직이고 있다면 근처에 인민군 수색대가 없다는 뜻이었다. 그는 바닥에 누웠다. 추위를 견디다가 다시 잠이 들었다. 깨어나 보니 아침이었다. 몸을 일으키지 않고 주위를 살폈다. 적정은 없었고 굴참나무들만 눈에 들어왔다. 굴참나무 줄기는 온통 칼자국이 난 것처럼 깊게 패 있다. 선명한 요철이 나 있는데도 똑같이 갈색이다. 우듬지 잔가지에는 연두색 이파리가 나풀거린다.

굴참나무 숲에서 뻐꾸기가 울기 시작했다. 요즘은 대대본부에서도 거의 매일 뻐꾸기 소리를 들었다. 정한초는 DMZ의 철새를 연구하는 생물학자를 통해서 뻐꾸기가 탁란한다는 걸 알았다. 무서운 새가 있다고 여겼다. 생물학자에게서 각인이란 말도 들었다. 동물은 자기가 태어났을 당시 처음 보게 된 상대를 뇌리에 각인시켜서 부모로 여긴 다. 생물학자의 말대로라면 새끼 뻐꾸기는 태어날 때 본 새, 그러니까 탁란 당한 새를 제 부모로 알아야 한다. 정한 초는 오목눈이의 둥지에서 태어난 새끼 뻐꾸기를 부대 인 근에서 본 적이 있었다. 새끼 뻐꾸기는 오목눈이를 제 부 모로 여기지 않았다. 새끼 뻐꾸기가 오목눈이의 소리를 따 라 하지 않았던 것이다. 모든 새끼는 어미 말을 따라 한다. 사람이 처음 하는 말도 엄마에게서 배운 말, 곧 'Mother tongue'이다. 그런데 새끼 뻐꾸기는 알에서 깨어나자마자 본 오목눈이의 소리를 따라 하지 않고 자신을 전혀 키워주 지 않은 뻐꾸기 소리를 낸다.

아들이 국민학교에 다니면서 정한초는 교육이라는 걸 곱씹게 됐다. 모든 동물은 2세를 교육한다. 그것은 2세 생 존을 위해 필요한 것이지만, 그 이면에는 자신이 가지고 있는 유전자와 삶의 방식을 존속시키려는 부모의 의도가 개입돼 있다. 그렇다면 뻐꾸기는 어떤가? 탁란했으니까 '엄마에게서 배운 말'은 없다. 새끼 뻐꾸기들은 부모를 전 혀 모르게 된다. 새끼 뻐꾸기는 어떤 새 아래서 자랐느냐 에 따라 각각 소리가 달라져버릴 것이고 결국 뻐꾸기 종은 사라진다. 이를 막으려고 뻐꾸기는 제 새끼에게 교육을 한다. 방식은 제 새끼가 알에서 깨어나자마자 근처에서 우는 것이다. 울음소리는 단순하다. 뻐꾹 혹은 뻐어꾹. 단순한 소리를 단순한 가락으로 반복한다. 그리고 어미 뻐꾸기 소리는 크다. 산기슭이 쩡쩡 울린다. 이렇게 큰, 어미 뻐꾸기 소리에서 새끼 뻐꾸기는 벗어날 수 없다. 계속 들려오기에 그게 싫어도 받아들여야만 한다. 단순하고 강하게 반복되는 소리, 이것에 빠져들어 새끼 뻐꾸기는 자신을 알에서 깨어나게 했고 비바람을 뚫고 먹이를 물어다주는 오목눈이의 소리를 외면한다. 단순하고 강한 소리를 내는 새를 제 부모로 받아들인다.

굴참나무 숲에서 나는 뻐꾸기 소리를 들으며 정한초는 망원경으로 앞을 살폈다. 적정은 없었다. 적이 포위망을 형성하지 않았다고 판단했다. 수색대나 매복조의 기미도 없었다. 인민군 수뇌부는 헬기 생존자가 DMZ 쪽으로 움직일 거라고 여기고 아예 후방에는 병력을 배치하지 않은 게 분명했다.

그는 권총을 들고 발을 옮겼다. 어젯밤에 군화를 거꾸로 놓아서 물은 다 뺐다. 속이 마른 것은 아니지만 무게는 줄어들었다. 군복도 거의 다 말라서 거치적거리지 않았다.

정숙 보행으로 굴참나무 숲을 빠져나갔다. 뒤에서 뻐꾸기가 울어댔다. 그 소리는 산등성이 너머까지 따라왔다.

온몸이 땀에 젖고 배가 고팠다. 싸리나무밭에 은신한 뒤 배낭에서 꺼낸 전투식량을 먹었다. 봉지를 땅속에다 묻었다. 군화로 흙을 헤집어서 거기에다 소변을 보고 낙엽으로 덮었다.

물을 찾아서 마시려고 산기슭 아래로 내려갔다. 십 분쯤 내려가자 계류가 보였다. 계류에서 물을 마시고 바로 옆의 떨기나무 숲으로 들어갔다. 떨기나무 숲에는 산딸기나무, 찔레나무, 싸리나무가 뒤섞여 있었다. 떨기나무 숲은 울창해서 은폐에는 더할 나위 없었다. 여기서 잠시 쉬기로 하고 배낭을 벗고 찔레나무 밑에다 몸을 눕혔다. 찔레꽃이 보이고 꿀벌도 보였다. 꿀벌은 얼굴 가까이 있는 찔레꽃으로 날아왔다. 날갯짓 소리가 멀리서 들려오는 헬기의 프로펠러 소리와 비슷했다.

옆에서 부스럭거리는 소리가 났다. 염소가 다가왔다. 털빛은 희고 수염은 터무니없을 정도로 길어서 고향에서 어머니가 기르는 염소와 엇비슷했다. 염소가 있다면 근처에 주민이 있다는 뜻이었다. 그는 엎드린 채 권총으로 앞을 겨누었다. 염소가 그에게로 바짝 다가오더니 권총에다 코를 들이댔다. 그는 염소를 쫓아버리고 싶었으나 염소가 놀란 소리를 내면 주민이 달려올까 봐 그러지 못했다. 그렇다고 어디로 옮겨갈 수도 없었다. 주민의 위치가 파악되지 않은 상황에서 섣불리 움직였다가는 자신의 존재만 알리게 된다.

겁대가리를 상실한 놈이라는 말을 사병들이 쓰는데 이 염소야말로 그런 놈이었다. 권총의 총구를 입으로 물었다. 그는 권총을 잡아당겼다. 염소는 그의 얼굴에다 대가리를 들이밀었다. 염소의 동그란 눈이 바로 눈앞에 있었다. '아저씨 여기서 뭐 하세요?' 하고 그 눈이 묻는 듯했다.

사람 목소리가 들려왔는데 한 사람이 아니었다. 인민군이라고 해도 한 명 정도는 권총으로 바로 제압할 수 있다. 여러 명이면 주민이라고 해도 그럴 수 없다. 한두 명을 제압하는 동안 나머지를 놓치게 된다. 여기를 떠나 은폐할 곳을 찾아야 한다. 정한초는 목소리를 등지고 포복해 나갔다. 앞쪽에 칡덩굴이 보였다. 아직 잎은 드물었지만 줄기들이 서로 엉겨 있어서 몸을 은폐할 만한 곳이었다.

그는 칡덩굴로 몸을 덮고 앞을 살펴보았다. 이십 미터 앞에 남자아이와 여자아이가 나타났다. 둘 다 열두 살쯤으로 보였다. 남자아이는 흰 셔츠에 검은 바지를 입었고 여자아이는 꽃무늬가 있는 원피스 차림이었다. 아이들 옆에는 염소 세 마리가 있었다.

아이들이 찔레나무로 가서 찔레 순을 따먹기 시작했다. 남자아이가 여자아이에게 찔레 순을 내밀었다. 여자아이가 그걸 받았다.

아이들이 무슨 얘길 하다가 깔깔거렸다. 염소들이 아이들 옆에서 찔레나무 이파리를 뜯어 먹었다. 정한초가 몸을 뒤로 뺐다. 칡덩굴에서 빠져나와 산딸기밭으로 들어갔다. 거기까지 아이들의 웃음소리가 따라왔다.

떨기나무 숲에서 산등성이로 올라갔다. 대둔산으로 여겨지는 산이 보였다. 산 아래는 들판이었다. 보리누름이어서 들판 여기저기에 누런 논이 박혀 있었다. 나머지는 무논이었으나 푸르스름한 빛이 없었다. 아직 모내기를 하지 않은 논이었다.

5월 하순이면 남도의 고향에서는 모내기 철이었다. 마을 앞뜰은 이미 경지정리가 됐지만 뒷산 골짜기에는 아직도 자잘한 다랑이들이 있었다. 골짜기 다랑이들은 저마다 이름을 지녔다. 삿갓배미, 과부엉덩이배미, 반달배미, 치마배미······. 너무 작아서 누가 지나다가 삿갓을 놓으면 그 밑에 파묻히는 삿갓배미. 과부가 오줌 쌀 때 엉덩이에 가려진다는 과부엉덩이배미. 허튼모를 심을 수밖에 없는, 한쪽만 볼록한 반달배미. 위쪽보다는 아래쪽이 훨씬 넓은 치마배미. 논의 넓이나 모양 아닌 사연이 있어서 이름이 붙은 것도 있었다. 그중 하나가 닭똥배미였다. 마을 사람 둘이 가뭄에 물싸움을 벌였는데 그게 몸싸움이 돼 결국 집안과 집안이 맞붙게 됐다. 나중에 화해한다고 닭을 잡아서 나눠 먹는 중에 사소한 시빗거리로 또 싸우고 말았다. 그 뒤 마을 사람들은 닭 아닌 닭똥을 삶아 먹어서 싸운 모양이라면서 두 사람의 다랑이를 닭똥배미라고 했다.

고향의 다랑이는 계단식이었다. 골짜기로 들어서면 나이테처럼 일정한 간격을 두고 있는 논둑들이 보였다. 아래쪽은 돌로, 위쪽은 흙으로 쌓여 있다. 돌담과 토담이 합쳐져 있는 형태이다. 봄의 토담은 나물을 키워내고 여름의 돌담은 장마를 버텨낸다. 가을에는 토담이 볏단을 말려주고 겨울에는 돌담이 틈새에다 족제비를 불러들인다.

폭우에 계류가 범람해 논둑이 무너지면 마을 사람들이 울력에 나선다. 정한초네 반달배미의 논둑이 무너진 적이 있었다. 마을 사람들이 울력하러 모였다. 고등학생이던 그는 여름방학 때라서 울력하는 데로 가 보았다. 스무 명 정도 나왔는데 열 명 안팎은 일하고 서너 명은 떠들며 놀고 나머지는 막걸리를 마셨다. 일하는 사람이 진득하니 일하느냐 하면 그것도 아니어서 삽질하다 말고 막걸리 마시러 갔다. 떠들던 사람이 그 자리로 들어와서 하던 이야기를 이어가면서 삽질했다. 육사를 가려고 맘먹어서 언행의 절도를 염두에 두고 있는 그에게 마을 사람들 모습은 한마디로 개판이었다. 논둑을 고칠 수 있을지 의심스러웠다. 그의 우려와 달리 사람들은 오후 일찍 울력을 마쳤다. 아무도 피곤해하지 않았다.

정한초는 적정이 없다는 걸 확인한 뒤 산줄기를 타고 나갔다. 산줄기가 낮아지면서 들판 가운데로 들어갔다. 석회암 바위들이 듬성듬성 박혀 있는 곳에 이르렀다. 저 앞쪽으로 바위 벼랑이 보였다. 넘어갈 수 있는 높이가 아니었다. 우회할 것인지 저 밑에서 오늘 밤을 보낼 것인지 결정해야 했다.

*

홍진기는 지하철에서 자리를 잡아 앉게 되자 신문을 펼쳤다. 정치 소식이 1면을 거의 다 차지하고 있다. 군대에서도 정치는 중요한 화제이다. 장교들 친목 모임 같은 데 나가 보면 정치 얘기는 빠지지 않는다. 장교 다수가 정치 평론가 같다. 사실 정치를 얘기하기는 쉽다. 아군과 적군으로 분류해온 방식대로 여당과 야당을 다루면 되니까. 이렇게 되면 양측의 전략, 병력, 화력, 연합군 같은 기본 사항이 나온다. 이를 바탕으로 돌발 변수를 고려하면 된다. 그 돌발 변수에 자주 '북풍'이 들어 있다.

지난주 일요일에 열린 육사 동기의 모임에서도 정치 얘기가 나왔다. 모임 끝자락에 기무사령부에서 근무하는, 같은 사령부여도 그와 소속 부서는 다른 동기가 물었다. 야, 홍진기, 네 친구 정한초한테 헬기 사고가 있었잖아? 그걸 왜 들먹여? 그 일이 있은 후에 너는 야전부대로 옮기겠다고 위에다 얘기했다며? 군인이 야전부대로 가는 게 뭐가 이상한가? 너는 자진해서 정보부서를 떠나려고 했어. 왜? 친구가 휴전선 너머에서 살아 있다는 믿음을 버리지 못했으니까. 아닌가? 홍진기는 대답하지 않았다. 동기가 말을 이었다. 네가 정보부서를 떠나려고 하는 이유를 나처럼 네 상관들도 캐치했겠지. 매사냥꾼이라고 불린 정한초만 매의 눈을 가지고 있는 게 아니거든. 네 상관들도 가지고 있거든.

그가 왜 정보부서를 떠나려고 하는지 상관들이 알고 있

다는 걸 알려주려고 동기가 그런 말을 했다고 짐작했다. 상관들이 친구에 대한 마음을 전우애의 좋은 본보기로 여기고 그를 좋은 보직으로 보내줄 거라고 예상했다. 그제 동기와 통화할 일이 있었다. 그의 예상을 말했더니 동기는 아무런 대꾸도 하지 않고 전화를 끊었다. 그의 예상이 잘못된 것임을 알아차렸다. 정보부서 상관들 판단은 대충 이런 것이리라. '홍진기는 북으로 간 친구가 죽지 않았다고 믿고 있다. 육본 발표와는 다른 믿음이다. 이런 상태로는 정보부서에서 근무하기 힘들다. 정부부서에서 근무하는 자는 적의 정보에 집중해야지 적진에 넘어간 아군 정보를 캐내려고 해서는 안 되니까. 그러면 적을 정확하게 보지 못하게 되니까. 홍진기는 자신의 상황을 냉정하게 판단하고 정보부서 근무자의 자세를 되찾아야 한다. 그는 그러지 않고 있다. 실망스럽게도 그는 야전부대로의 전출을 희망한다. 육본 발표를 믿지 않고 자체 판단에 휘둘려서 헤매다가 야전부대로 전출을 희망하는 이런 자는 진정한 군인이 아니다. 정보부서가 아닌 다른 데서도 제대로 일할지 의문이다.'

홍진기는 정보부서 상관들의 판단을 바꿔놓지 않고는 좋은 보직으로 옮겨가기 힘들 거라는 결론에 이르렀다. 좌

천이나 다름없는 이동 명령이 떨어질지 모른다. 이래서는 안 된다. 나는 정보부서에서 근무할 만큼 했으니까 이제 야전부대로 옮겨간다는 인상을 주어야 한다. 나는 친구의 생존을 믿지 않는다고 상관들에게 틈나는 대로 알리자. 그 이전에 그런 가능성에 관한 생각마저 하지 않도록 나 자신을 만들자. 그러려면 친구의 생존 가능성을 떠올리지도 말아야 한다. 그 생각의 근원을 제거해야 한다. 정한초의 아내가 내게 전화해서 그가 생존해 있을 거라고, 귀환 방안을 마련해야 한다고 말하지 않게 만드는 게 시급하다. 그리고 가능하면 그녀가 다른 곳에도 전화하지 않게 만들어야 한다. 그녀가 여기저기 전화해서 남편의 생존을 말하다 보면 그녀는 요주의 인물이 돼 감시를 받는다. 감시는 특정 대상자만이 아니라 그 주위 사람에게도 행해진다. 내가 감시 대상자로 전락할 수 있다.

어제 홍진기는 서울 용산에서 사는 정한초의 아내에게 전화를 걸었다. 예전에 정한초와 함께 만날 때는 제수씨라고 했지만 어제는 이숙희 씨라고 호칭했다. 내일 커피숍에서 뵙고 싶다고 했다. 식사하자고 하면 부담을 가질까 봐 커피를 마시자고 제안한 거였다.

홍진기는 약속 시각에 늦지 않으려고 자가용을 두고 전

철을 탔다. 약속 시각까지 30분 넘게 남아 있는 걸 확인하고 다시 신문을 보았다. 다음 장을 넘겨도 정치 기사는 이어졌다.

군인들은 정치 얘기를 많이 하지만 지지 정당을 말하지 않는다. 내 정치적 견해를 드러내는 것도, 상대방 견해를 아는 것도 부담이다. 속내를 드러내지 않다 보니 수다에 가까운 말만 이어진다. 육사 때부터 가까운 친구로 지낸 정한초와는 속내를 드러냈다. 술자리에서 의견 충돌이 일어났다. 정치적 견해만이 아니라 장군들에 관한 평가에서도 의견 충돌이 잦았다. 장군은 현역이 아니고 역사적 인물이다.

견해차가 컸던 인물로는 전봉준이 있었다. 정한초는 전봉준을 장군이라고 불렀으나 홍진기는 농민군 지도자로 여겼다.

"전봉준을 지도자로 삼은 농민군은 처음엔 이겼지. 갑오년에 황토현에서도, 장성 황룡강 가에서도 이겼어. 전주성에서는 화약을 맺었으니 패배한 건 아니지. 그런데 기포를 해서 대규모 병력이 집결한 공주 우금치 싸움에서는 졌어. 모든 전투에서 지휘자는 전봉준이었고 농민군 구성은 처음과 나중이 같아. 군대의 성격이 달라진 게 없는데도, 오히려 힘이 더 있을 때 져버렸단 말이지. 이걸 어떻게 설명하 겠어?"

"우금치에서는 일본군이 나섰지. 일본군과 농민군의 싸 움, 여기에서 눈여겨봐야 할 부분은 바로 무기야. 근대의 신형 무기, 그러니까 총은 물론이고 구르프 기관총과 같은 중화기로 무장한 일본군을 상대로 멧돼지 잡는 도구 수준 에 불과한 죽창을 든 농민군이 이길 수 없었어. 전쟁은 바 로 화력이라는 점을 입증해주었다고 할까."

"장성 황룡강 싸움에서 농민군을 토벌하러 온 경군은 구르프 포를 동원했어. 소총으로 무장했고. 당시 농민군들 은 경군의 화력을 피하기 위해 집단 방탄장치인 장태를 썼 다고 하지. 장흥부사 이방언이 만들었다는, 구르는 방탄 차. 그런 걸 왜 우금치에서는 만들지 않았을까? 적의 화력 이 이쪽을 압도한다면 그걸 피할 여러 방법을 마련해야 하 는데 그러지 않았어. 전봉준이 그 정도는 해낼 수 있는 인 물로 보이는데 그러지 않았다는 게 믿어지지 않아."

"전쟁도 우리의 여느 일처럼 계산으로 파악되지 않는 요소들에 의해 진행돼. 우금치 싸움이 전봉준의 예견과 다 른 진행을 보인 모양이지. 그 다른 진행이 결국 승패를 결 정했고."

"전쟁에서 승패는 사기에 의해 결정돼. 특히 동학농민 전쟁 당시처럼 무기가 단순하던 시절에는 더더욱. 그렇다면 사기는 무엇으로 결정되는가? 요인은 많지. 정신적인 것에서부터 주변 환경까지. 동학농민전쟁 당시 사기에 영향을 준 건 무엇이었을까?"

홍진기는 애초부터 정한초의 대답을 원한 것은 아니었으므로 바로 말을 이어갔다.

"왜 농민군이 나섰는가를 먼저 고려할 필요가 있어. 한마디로 농민군은 먹고살기 힘들어서였어. 배고파서 나왔다 이거지. 이건 프랑스 혁명에서 파리 시민이 일어난 이유와 같아. 농민군이 죽창을 들고 양반을 죽이려고 한 건 너무나 배가 고파서야. 쉽게 말하자면 배가 고플수록 양반을 증오하는 마음이 강해지고 이것이 바로 전쟁터에서는 사기로 이어지지. 사기는 적을 증오하는 마음과 상통하니까. 농민군의 사기가 가장 높을 때, 말하자면 뱃가죽이 등허리에 들러붙는 때는 언제일까? 보릿고개야. 바로 이런 시기에, 증오심이 만들어 낸 사기가 최고조인 때에 황토현 싸움, 황룡강 싸움, 전주성 함락이 있었지. 이와는 달리 우금치에서 싸운 9월 기포는 추수를 마친 후야. 전봉준은 9월에 군대를 일으키면 추수 후라서 군량미가 충분하리라 보았을 수 있지. 하나만 알고 둘은 모르는 처사야. 배부른 군대, 그건 이미 증오심을 상실한 군대야. 거긴 사기가 없어. 싸워 봐야 이길 수 없지. 전봉준은 결국 무인이 아니야. 언제 군대를 일으켜야 하는지도 몰랐으니까. 엄밀한 의미에서 그는 문인이지. 양반 출신으로 한때 훈장을 했다니 도포 자락에 먹물깨나 묻혔는지 모르지만 칼을 잡고 들판에서 바람을 헤치고 나아가는 데는 어울리지 않았어. 그게 한계라고. 운동권이 전봉준을 존경한다는데 실은 아무것도 모르고 그러는 거야. 다시 말하지만 전봉준은 농민이 아니어서 농민의 마음을 몰랐고 또한 장군이 아니어서 언제 사기가 최고조에 달하는지도 몰랐어. 결국 전쟁에서 졌지, 그를 장군이라고 할 수 없어. 농민군 지도자라고는 할 수 있겠지만."

정한초가 입을 열려고 하자 홍진기는 끝까지 들어 봐, 하고 그를 제지하고서 말을 이어갔다.

"한두 번 이긴 지도자는 많아. 최후에 지지 않게 만드는 지도자는 드물어. 이런 점에서 최후에 이긴 지도자만이 유능한 지도자라는 말을 들을 수 있지. 전봉준은 말이야, 처음에는 이겼지만 나중에는 우금치에서 패했어. 배고픔이 주는 증오가 없으면 사기도 없다는 걸 몰랐기에 우세한 병력으로 졌다고. 뭐가 남았어? 그를 믿고 따른 농민군 수만 명이 죽었지. 거기에 전봉준의 책임이 있지. 무능한 지도자로서의 책임."

"배고픔을 이용해서 이긴다? 그건 지휘에서 최하위 전략이지. 산적이나 해적의 두목이 쓰는, 부하들 다루는 방식. 안 그래? 배고프게 만들어 놓으면 마구잡이로 싸우기는 하겠지. 그렇게 이길 수도 있겠지만 거기엔 싸움의 목적이 없어."

"싸움의 목적은 승리 아닌가?"

"내가 육사로 가겠다고 했을 때 어머니는 그러셨지. 진짜 싸움의 목적은 싸움을 없애는 것이다. 싸움을 없앨 마음가짐이라면 육사로 가거라. 나는 어머니께 그런 마음가짐이라고 했으나 임관한 후에는 승진을 위해 살았지. 앞으로도 그렇게 살 거고. 하지만 싸움의 목적은 싸움을 없애는 것이라는 생각까지 버린 건 아냐. 앞으로도 버리지 않을 거고."

"전봉준의 싸움 목적은 뭔데?"

"우리 어머니와 같은 농사꾼들, 싸움을 없애는 게 바람인 농사꾼들을 모아서 전봉준은 기포했어. 그의 목적은 분명하지. 싸움을 없애는 것. 이런 그가 어떻게든 승리만 얻으면 된다, 하고 배고픔을 이용해서 싸움을 하려고 들었겠어?"

정한초가 죽창을 찌르듯이 손을 확 내밀어 손사래를 치고 나서 말을 이었다.

"너희 배를 채워줄 테니 싸우자, 하고 병사를 부추겨서 승리를 가져가는 자는 무인이 아니야. 전투복을 입은 정치가야. 권력을 추구하는 선동꾼이라고."

홍진기는 정한초의 의견을 받아들이지 않았다. 싸움에서는 어떤 식으로든 이겨야 하는 것 아니겠는가.

지하철 방송이 다음 정차역이 신촌역이라고 알려주었다. 홍진기가 신문을 접고 자리에서 일어났다. 대학생들이 우르르 문 쪽으로 갔다. 일요일이어서 대학가인 신촌은 한가할 줄 알았는데 그게 아니었다. 대학생들은 도서관으로 가지 않나 싶었다.

홍진기가 신촌역 인근 커피숍으로 들어가 창가에다 자리를 잡았다. 이숙희는 아직 오지 않았다. 지하철에서 읽었던 신문을 펼까 하다가 그대로 앉아 있었다. 텔레비전에는 걸 그룹이 나와서 춤을 추었다.

걸 그룹 멤버는 다섯 명이다. 무리 짓고 있다. 무리 짓기는 상대방에게는 강하게 보이고 내부적으로는 서로에게 의지하여 두려움을 없애려는, 흔히 확인되는 생존 방식이다. 군대 또한 무리 짓고 지낸다. 적을 위압하고 아군끼리는 서로에게 힘이 되려고. 걸 그룹 옷차림은 물론 군복은 아니다. 수영복과 비슷하다. 하이힐을 신고 있어서 수영할 것 같지는 않지만. 다섯 명 모두 여느 한국 여자보다 훨씬 키가 크다. 얼굴도 여느 한국 여자들과 다르다. 코는 솟고 눈은 크고 입술은 두툼하다.

텔레비전에서 걸 그룹의 춤이 이어졌다. 홍진기가 보기에 춤은 일사불란했다. 이렇게 몸동작을 맞추려면 숙식을 함께하면서 훈련하는 게 당연하다. 짧게는 한두 달 정도, 길게는 반년 넘게. 그리고 훈련은 군대만큼 강도 높은 것이어야 한다.

대학생으로 보이는 남녀가 커피숍으로 들어왔다. 남녀는 더치페이로 같은 종류의 커피를 주문했다.

텔레비전에 다른 걸 그룹이 나왔다. 가사가 분명하게 발음되고 있지 않아서 홍진기는 알아들을 수 없었다. 가사와 달리 춤은 분명했다. 멤버 다섯이 두 팔을 내밀어서 이리 오라는 손짓을 했다. 엉덩이를 돌리다가 다리를 벌렸다. 허벅지를 흔들면서 미소를 지었다. 동작에 오차가 거의 없어서 의장대를 보는 듯했다.

한 멤버가 앞으로 나와 두 손으로 가슴을 껴안는 자세를 취하면서 노래를 했다. 혼자 하는 노랫말이어서 홍진기는 몇 단어를 알아들었다. 한국어와 영어가 뒤섞여 있었다. 한 구절을 노래하더니 뒤에서 춤추고 있는 멤버들 속으로 돌아갔다. 다른 멤버가 앞으로 나왔다. 이번에는 이 멤버만 노래하고 다른 멤버는 춤추었다. 가사는 이전처럼 한국어와 영어가 뒤섞여 있었다. 이렇게 번갈아 가면서 다섯 명의 멤버가 앞으로 나왔다. 의장대도 이렇게 한 명씩 나와서 동작을 보여주는 대목이 있다.

걸 그룹이 처음처럼 같은 동작으로 일사불란하게 춤추었다. 앞뒤로 움직이다가 나란히 서서 두 팔을 치켜들었다. 화면은 방청석에서 환호하는 팬들의 모습으로 바뀌었다. 풍선을 흔들고 소리를 질렀다. 옷은 달랐지만 팬들의 표정이며 몸동작은 엇비슷했다.

약속 시각인 11시가 넘었는데도 이숙희는 오지 않고 있었다. 홍진기는 커피숍에 앉아 있는, 대학생으로 보이는 남녀를 힐끗거렸다. 그의 예상과 달리 남녀는 서로 보고 미소를 짓거나 소곤거리지 않았다. 각자의 백에서 책을 꺼냈다. 그걸 각각 들여다보았다. 책은 소설집이나 시집이 아니라 전공 서적이었다. 한참 후에 여자가 남자에게 말을 걸었다. 뭔가를 진지하게 설명했다. 남자는 그걸 들으면서 메모를 했다. 여자의 말이 끝나자 남자가 나섰다. 남자는 메모를 들여다보면서 뭔가를 설명했다.

남녀는 다시 책을 들여다보았다. 홍진기가 텔레비전으로 고개를 돌렸다. 거기에 보이 그룹이 나왔다. 그가 판단하기에 멤버 넷의 나이는 군대 갈 정도 됐다. 얼굴에는 화장을 했다. 얼굴에다 위장 크림을 바른 병사 같다.

보이 그룹의 춤은 격렬했지만 그것은 위장된 격렬함이었다. 말하자면 집단 총검술 같은 것. 중대 혹은 대대 병력이 연병장에서 총검술을 한다. 동작은 힘 아닌 절도를 추구하고 기합 소리는 필요 이상으로 크다. 연대장이나 사단장이 보고 있으면 동작은 더 절도 있고 기합 소리는 사방에 진동한다. 전투 훈련이 아니라 쇼 같다. 전쟁은 쇼가 아니다. 홍진기는 보병부대의 중대장으로 근무했을 당시 대규모로 펼쳐지는 총검술을 달가워하지 않았다. 그의 중대가 연병장에서 총검술을 하고 있을 때 연대장이 왔다. 중대의 총검술을 보고 있다가 연대장이 물었다. 홍 대위는 왜 총검술을 싫어하지? 그는 사실대로 대답할 수 없어서 침묵했다. 쇼 같아서 싫지? 아니라고 말씀드리지는 못 하겠습니다. 나도 쇼 같은 줄은 알아. 그런데 실제는 쇼 너머에 있거든. 쇼를 해 보아야 그 너머의 실제를 알 수 있어. 우선 쇼부터 열심히 해.

보이 그룹 멤버들이 일사불란한 춤을 추었다. 이어서 이전에 출연한 걸 그룹처럼 한 명씩 돌아가면서 한 대목을 노래했다. 걸 그룹과 다른 점은 백댄서들이 나오는 거였다. 남녀 혼성의 백댄서 여섯 명은 그룹 멤버가 노래하는 동안 춤추었다. 백댄서들은 남녀 세 쌍으로 춤추는 사이사이에 섹스를 암시하는 듯한 동작을 했다. 그럴 때마다 팬들의 고함이 터졌다. 아까 걸 그룹에서처럼 이번에도 팬들은 풍선을 흔들고 소리를 질러댔다.

스타 앞에서 팬들은 약자에 해당한다. 동물에 비하면 스타는 맹수이고 팬들은 초식동물이다. 그런데 초식동물들은 집단을 이루면 약자의 위치에서만 있지 않으려고 한다. 얼룩말이나 물소가 떼를 지어서 사자에게 대항하는 게 그런 예이다. 이것은 약자의 한시적인 대항일 뿐이지 강자의 위치로 영원히 전환되는 건 아니다. 팬들 역시 모여서 그들이 섬기는 스타에게 대항하기도 한다. 안티 팬이 된다. 어떤 대항을 하든 팬이 스타가 되는 건 아니다. 말하자면 사병과 장교처럼. 사병은 무리 지어서 장교에게 대항하기도 한다. 말년 병장들이 뭉쳐서 신임 소위를 괴롭히는 일 따위다. 병장들이 소위를 굴복시켰다고 해서 그들이 장교가 되는 건 아니다. 장교는 장교다. 소위는 승진한다. 병장의 아들이 군대에 병사로 입대할 때쯤이면 소위는 계속 승진해서 장군이 돼 있다.

이숙희가 카페로 들어와서 자리에 앉았다. 그녀는 깍지를 낀 손을 탁자에다 놓았다. 무명지에는 결혼반지가 있다. 남편의 행불 소식을 듣기 전에는 끼지 않았다. 금반지인데 뭉뚝한 모양이어서 세련돼 보이지도 않고 설거지나 청소 같은 집안일을 할 때 걸리적거렸다. 행불 소식을 듣고 나서 두 손을 모아 기도했다. 종교가 없는데도 두 손을 모았다. 손이 허전해 보여서 결혼반지를 꺼내서 끼었다.

"왜 만나자고 한 건가요?"

홍진기가 준비해 둔 대로 말했다. 이미 육본에서 통보했다시피 정한초는 헬기 사고로 전사했다. 그걸 믿어야 한다.

"다시 말씀드리지만 육본의 발표를 믿어야 합니다."

"헬기는 북으로 넘어갔고 정 중령은 행불 상태이다. 이게 육본에서 내게 처음 통보한 내용이지요. 나는 그걸 믿어요."

"정보가 취합되기 전의 비공식 통보가 아니라 정보가 취합된 후의 공식적인 통보를 믿어야 합니다."

이숙희가 홍진기를 빤히 보았다. 그 역시 그녀를 빤히 보았다. 눈으로 싸움하는 꼴이 됐다.

홍진기는 눈으로든 입으로든 싸워서 좋은 건 없다고 판단했다. 잘 구슬려서 남편의 생존을 운운하는 전화를 하지 않게 만드는 게 급선무이다. 그는 눈길을 창밖으로 돌리고 부드러운 목소리로 말했다.

"육본을 믿으세요."

"안 그러면 어려워지겠지요?"

"물론입니다."

"나 아닌 당신이."

*

새벽안개가 동굴 바깥의 풍경을 지워버렸다. 정한초는 헬기 사고 당시의 비안개처럼 짙은 안개를 보고 있었다. 고향에서 이런 짙은 안개는 봄보다 가을에 많이 피어난다. 가을 아침의 짙은 안개는 억새꽃과 같은 색이고 선선함이 깃들어 있다. 봄 안개는 미지근해서 그저 습하다는 느낌이 앞선다. 여름 안개는, 짙게 쌓이든 맑게 흐르든, 해가 뜨면

금방 사라진다. 왔다가 이야기도 없이 떠나버린다.

안개에 얼굴이 젖었고 습한 기운은 옷 속까지 파고들었다. 정한초가 동굴에서 가볍게 체조를 했다. 기마 자세로서서 손을 휘저었다. 손이 젖어서인지 찬 기운이 느껴졌다. 목을 돌리자 으드득 소리가 났다. 칼칼한 목을 풀어주려고 조그맣게 아, 아, 하고 소리를 내보았다.

이곳 석회암 동굴에 숨어 지낸 지 일주일째였다. 여기에 머물면서 답답함보다 더 참기 힘든 것은 하루 내내 명령을 내리지 못하고 지내야 한다는 거였다. 중대장들과 참모들을 떠올리고 그들에게 속으로 명령해댔다. 도저히 참을 수 없을 때면 동굴에서 소리를 냈다. '야.' 그건 부하들의 직책이나 계급을 부르기 전에 주목을 유도하기 위해 내는 소리였다. 그러면 메아리가 생겨났다. 메아리는 동굴에서 회절하면서 여, 하는 소리로 변했다. 어떨 때는 네, 하는 소리에 가까웠다. 부하들이 그에게 대답하는 소리였다. 메아리는 귀를 스치고 지나가버렸지만 그래도 그게 침묵에 지친 그에게 힘을 주곤 했다. 사막의 도마뱀이 아침에 잠깐 맺히는 이슬을 받아먹고 활기를 되찾듯이 그도 메아리를 듣고 나면 그랬던 것이다.

그가 머무는 동굴은 바위 벼랑에 있다. 산줄기의 5부 능선에 있는 바위 벼랑은 좌우로 일백여 미터, 높이가 이십여 미터에 이른다. 입구는 벼랑 아래쪽에 있다. 입구는 포복으로 들어가야 할 정도로 좁지만 속으로 들어가면 갑자기 넓어져서 쉰 평 남짓한 공간이 나온다. 이곳에는 여느 석회동굴처럼 종유석이 있다. 천장에 매달려 있는 종유석 수백 개는 대부분 여자 젖가슴을 연상시킨다. 남자 성기를 닮은 게 상당수 있는데 그것은 어떻게 보면 포탄 같기도 하다. 바닥에는 몇 군데 웅덩이가 있다. 그곳의 물이 식수이다.

웅덩이 옆에 굴이 나 있다. 그곳은 휘돌면서 위로 올라간다. 5미터가량 올라가면 속은 열 평 이상으로 넓어진다. 이곳을 '초소'라고 이름 붙였다. 초소의 한 곳이 바깥으로 터져 있어서 빛이 들어온다. 21인치 텔레비전 화면만 한 그곳은 '경계 창'이다. 그곳으로 바깥 풍경이 잡힌다.

'초소의 경계 창'에서 보면 산기슭 아래로 들판이 이어지고 끝에 북한 마을이 있다. 동굴에서 2km 정도 떨어진 곳이어서 망원경으로 관찰이 가능하다. 남한 여느 시골 마을처럼 이곳 마을에도 큰키나무들이 듬성듬성 서 있고 그 사이로 집들이 자리한다.

여기에 머무는 동안 마을 주민이 이곳 산기슭으로 온 적은 없다. 설혹 주민들이 산기슭으로 온다고 해도 숨어 있기만 하면 발각되지 않으리라. 물론 인민군 수색대라면 찾아내겠지만 이렇게 마을과 가까운 동굴이 인민군의 수색 지역에 들어 있을 리 없다. 일주일 전에도 그렇게 판단했고 그래서 그는 대둔산으로 가지 않고 이곳에 은신했다.

정한초가 '초소'로 들어가서 '경계 창' 가에 앉았다. 굴참나무 숲, 들판, 마을에 아침 햇살이 내리고 있었다. 그는 풍경을 보고 있다가 탈출 방법을 숙고하기 시작했다. 우선, 왔던 길을 되돌아가서 DMZ를 돌파해 남으로 가는 길이 있다. 길이는 짧지만 북방한계선 주위에 밀집한 인민군의 경계망에 걸리지 않을 가능성이 희박하고 DMZ에 산재해 있는 지뢰밭을 무사히 통과한다는 보장도 없다. 서쪽으로 가면? 바다와 만난다. 거기서 배를 탈취해 서해로 나간다. 계속 북으로 간다면? 중국으로 들어갈 수 있을까? 어떤 탈출로를 택하든 은폐 엄폐하기 위해서는 짙은 녹음이 필수적이다. 아직은 늦봄이어서 나무는 신록을 벗어난 정도이고 풀도 다 자라지 않았다. 동굴에 숨어 지내면서 나무가 이파리로 속살이 찌고 풀이 한껏 자랄 때까지 기다리자. 그는 어제와 똑같은 결론에 이르고 나서 아침을 먹었다.

배낭에 전투식량이 남아 있었지만 비상식량으로 두고 보리를 주식으로 삼았다. 보리는 산등성이를 넘어가 밭에서 따온 이삭에서 얻은 거였다. 먼저 이삭을 동굴의 움푹한 곳에다 놓는다. 돌멩이로 두드려서 겉보리를 얻는다. 겉보리를 돌멩이로 찧어댄다. 짓이겨진 보리는 그냥 먹기도 하고 굴 밖에서 뜯어온 취나물이나 고사리와 섞어 먹기도 한다.

보리밭에 갔을 때 허수아비를 만났다. 낡은 작업복 상·하의에다 작업화까지 신고 있는 허수아비였다. 그는 북한 주민으로 변장할 때 필요할 듯해서 옷과 신발을 가져왔다. 동굴에서 입어 보니 작업복도, 작업화도 약간 큰 정도였다.

안개가 걷히고 굴참나무 숲에 아침 이슬이 반짝거렸다. 굴참나무 숲이 산기슭을 따라 펼쳐져 있었다. 이곳 산기슭은 대둔산으로 이어질까? 대둔산은 친아버지 고향과 가까운데…….

정한초는 유복자였다. 아버지는 학도의용군으로 참전해 전사했다. 할아버지와 할머니는 아버지를 자랑스러워했고 그도 당연히 그랬다. 그는 아버지 뜻을 이어받아 군인이 됐다. 어머니는 재작년에 심장 수술을 앞두고 할 얘기가 있다고 했다. 아내가 칭얼대는 아이를 데리고 나가서 그 혼자만 옆을 지켰을 때였다. 어머니는 혹시라도 수술 중에 죽을 수도 있어서 말해주는 거라고 했다. 이야기를 가다듬어 왔는지 중언부언하지 않고 핵심만 말했다.

한국전쟁이 터졌을 당시 나는 열여덟 살이었다. 부모를 여의고 마을 뒷산 밑자락의 외딴 초가에서 텃밭을 가꾸며 홀로 살았다. 전쟁은 먼 데의 일로 여겼는데 인민군이 다가온다는 소문이 났다. 마을 사람들은 피난을 갔지만 나는 가지 않았다. 채소가 그득한 텃밭을 두고 갈 수 없었다. 매일 텃밭에서 살았다. 채소는 잘 자랐고 나는 누구에게든 채소를 나누어주려고 했다.

웬 청년이 밤중에 초가로 왔다. 그는 다리를 다쳐서 절었는데 북쪽 말씨로 자신을 농사꾼이라고 소개했다. 나는 그의 다친 다리가 안쓰러워 집으로 들어오게 해주었다. 청년은 집에서 닷새를 머물렀고 다리 상처가 많이 아물었다. 그는 떠나가기 전에 자신은 인민군으로 왔으나 본바탕은 농사꾼이라고 말했다. 그래서 인민군이 아니고 농사꾼이라고 자신을 소개했던 거라고 덧붙였다. 나는 그의 두 손을 부여잡았고 청년은 눈물을 흘렸다. 그렇게 우리는 헤어졌다.

얼마 후에 마을 사람들이 피난에서 돌아왔다. 낙동강까지 밀고 갔던 인민군이 북쪽으로 도망쳤다고 했다. 먼 데서 전쟁은 계속됐다. 마을의 고등학생이 곧 학도의용군으로 나갈 거라는 말이 돌았다.

늦가을이 되자 식량 사정이 나아지면서 마을은 평온을 찾아갔지만 나는 갈수록 불안했다. 나는, 북쪽 말씨로 농사꾼이라고는 했지만 어쨌든 인민군이었던 청년의 씨를 임신하고 있었다. 마을 뒷산으로 가서 목매려고 했다. 고등학생이 학도의용군으로 나가기 전에 산소에 인사하러 왔다가 날 발견했다. 나는 지난여름에 인민군 청년과 만났고 그때 임신했다는 걸 털어놓았다. 마을 사람들이 나와 아이를 죽일 터이므로 그전에 죽겠다고 했다. 그는 죽지 말라고, 모자가 살아야 한다고 했다. 지금은 전쟁 중이라서 사람이 사람을 죽인다. 아주 쉽게 죽인다. 그걸 보고 그대도 제 자식을 쉽게 죽이려고 하면 안 된다. 포기하지 말고 버텨야 한다. 그러다 보면 누가 도와줄 수도 있다. 다시 말하지만 어떻게든 살아 있어야 계속 살아갈 방법이 생긴다.

고등학생은 학도의용군으로 떠났다. 고등학생의 부모는 동구에서 눈물을 훔쳤다. 나 또한 멀리서 지켜보며 눈물을 흘렸다. 며칠 후에 그의 친구들이 그에게서 들은 비밀을 소곤거렸다. 그 비밀은 온 마을에 소문으로 퍼졌다. 고등학생이 지난여름부터 마을의 처녀와 관계했다. 관계한 데는 뒷산 밑자락의 외딴 초가였다. 처녀는 결국 임신했다. 그게 알려질 것 같으니까 고등학생은 학도의용군으로 나갔다. 그 소문을 마을 사람들은 믿었다. 고등학생의 부모는 헛소문이라고 발을 동동 굴렀다. 나는 배 속의 생명을 죽이고 싶지 않았다. 사실 여부를 묻는 마을 사람들에게 헛소문이라고 말하지 않았다. 소문은 시들어 갔고 내 배는 불러왔다.

몇 달이 지나서 고등학생의 전사 통지서가 왔다. 그의 부친은 며칠 동안 두문불출했다. 어느 날 아침에 날 찾아오더니 함께 가자고 했다. 나는 아무런 말도 하지 않고 서 있었다. 그의 부친이 또 함께 가자고 했다. 나는 발걸음을 뗐고 그 집의 며느리가 됐다. 그렇게 해서 네가 태어났다.

정한초는 어머니한테 웬 헛소리냐고 화를 냈다. 어머닌 그러셨어요. 네 아버지는 고등학생으로 당시 마을에서는 가장 많이 배운 사람이다. 그런 아버지에게 어울리게끔 뭘 했는지 어머니는 말하지 않으셨어요. 그러나 저는 알고 있었어요. 어머니는 당시의 지식인이었던 아버지에게 어울리게끔 책을 읽었어요. 세상일을 알려고 라디오를 들었고. 어머니의 이런 모습이야말로 학도의용군이 제 아버지라는 증거죠. 그 인민군 청년이 아버지라는 증거는 없고요.

어머니는 평소의 목소리로 말했다. 이 어미는 이런 걸 밝히면 네가 쉬 믿지 않으리라는 걸 이미 알고 있었다. 네

게 두 아버지가 있다는 사실을 입증할 만한 걸 찾았다. 그러는 중에 네 두 아버지와 나 사이에 있었던 대화를 되새겼다. 너를 생겨나게 한 대화였고 널 살린 대화였다. 그 대화는 각각 다른 말로 이루어졌다. 저 북쪽의 사투리와 남도의 사투리. 그 두 개의 말을 네게 가르치면 두 아버지가 있다는 증거가 될 만했다. 그런데 나는 남도에 살아서 남도 사투리야 입에 붙어 있지만 저 북쪽의 사투리는 알지 못했다. 나는 방법을 찾다가 서울말을 익히기로 했다. 서울은 한국전쟁 때 피난 온 북쪽 사람도, 살길을 찾아서 이사한 남도 사람도 뒤섞여 사는 데니까. 나는 서울말을 라디오와 소설책에서 익혔다. 나중에 알고 봤더니 그건 서울말이라기보다는 표준어였다. 그렇다고 해도 표준어는 서울말을 중심으로 만든 것이니까 내 의도에서 벗어난 건 아니다.

정한초가 어릴 적부터 어머니는 남도의 고향 사람들과 달리 표준어로 말했다. 그런 어머니 덕분에 그는 사투리를 쓰지 않았다. 그가 읍내 중학교에 다닐 때 전근 온 선생님은 그에게 물었다. 너, 서울에서 전학 왔냐? 그는 도청 소재지 고등학교에서는 물론이고 서울의 육군사관학교에서도 남도 촌놈이란 말을 듣지 않았다. 학도의용군이었던 아버지만이 아니라 책을 많이 읽어서 표준어를 쓰는 어머니도 자랑스러웠다. 그런데 어머니는 아버지와 같은 지식인이 되려고 그런 게 아니라고 했다. 아들에게 두 아버지의 말을 가르치려다 보니 표준어를 쓰게 됐다는 거였다.

어머니가 털어놓은 게 사실이라고 해도 정한초는 받아들일 수 없었다. 그건 아버지가 바뀌는 데서 그치는 게 아니다. 자신이 인민군의 자식이 돼버린다. 한국군 장교가 인민군의 자식이라니⋯⋯. 그는 단호하게 선언했다. 아버지를 바꿀 수 없어요. 아들아, 아버지를 바꾸라는 게 아니다. 네 아버지가 둘이라는 걸 받아들이라는 뜻이다.

어머니는 수술을 받고 퇴원했다. 집으로 가자마자 어머니는 텃밭을 찾았다. 그는 아직은 일해서는 안 된다고 했으나 어머니는 호미를 들었다. 정말이지, 어머니는 천생 농사꾼이네요, 하고 그가 말했다. 어머니가 그랬다. 네 친아버지인 그 청년이야말로 타고난 농사꾼이었지. 그런 청년이라서 다친 다리를 끌고 마을로 들어섰을 때도 텃밭부터 살폈단다. 채소가 싱싱한 텃밭이 보이자 바로 그 집으로 들어섰다더라. 집주인이 농사 잘 짓는 농사꾼이라고 여기고서. 농사 잘 짓는 농사꾼은 다른 농사꾼을 죽게 만들지 않는다는 게 그의 믿음이었거든.

어머니는 아무도 죽이지 않았으므로 당신의 아들이 남

에게 죽임당하지 않을 거라고 믿고 살았다. 전방에서 총기 사고가 나도 걱정하지 않는다고 했다. 어머니, 군인은 죽이는 사람이에요. 그러는 중에 죽임당할 수 있어요. 한초야, 너는 죽이는 사람이 되려고 군대에 간 게 아니다. 싸움을 멈추게 하려고 갔다. 그러니까 죽고 죽이는 건 너하고 상관없는 일이다. 너는 죽임당하지 않는다.

이번에는 어땠을까? 헬기 사고가 났다는 말을 듣고도 나의 생존을 믿고 있을까? 그럴 것이다. 새벽마다 장독대에다 정화수를 놓고 내 귀환을 빌고 있으리라. 어머니가 그랬다. 믿음은 기도하는 손에서 만들어져 마음속에 쌓인다. 그게 쌓이면 마음속이 밝아져.

어머니와 달리 내 생존을 믿지 않았을 사단에서는 날 전사자 처리했을까? 행불자라는 두루뭉술한 이름으로 놓아두고 있는 것은 아닌지? 내가 월북했다고 가정해서 가족들을 데려다가 조사할 수 있다. 그런 조사를 받게 되면 아내는 잘 대처해 낼까? 기무사령부에서 근무하는 홍진기한테 도움을 청했을까?

홍진기는 기무사령부 근무자답게 귀한 정보를 많이 알았다. 가끔 그에게도 알려주었다. 적에 관한 게 아니라 장군들의 관심과 취향에 관한 거였다.

정한초가 가장 최근에 홍진기와 얼굴을 마주한 때는 지난겨울이었다. 서울 신촌의 한 호프집에서 만났다. 정한초는 친구가 골프에 부쩍 관심이 커진 걸 알고 있었기에 맥주잔을 들고 골프를 넣어서 건배사를 했다.

"원샷으로 나이스 샷을!"

홍진기는 맥주를 한 모금만 마셨다.

"상관과 사귀려면 필드에 나가야 해. 왜 너는 안 나가?"

"내가 후방에서 근무할 때 부대 옆에다 골프장 건설을 추진했어. 주민들이 골프장 부지에서 반대 구호가 적힌 플래카드를 들고 서 있었지. 나는 그들에게 갔어. 왜 반대하는데요? 하고 물었지. 주민이 그랬어. 골프장에 제초제를 뿌린다. 냇물이 오염된다. 그 골프장에서 골프 치는 당신들도 안전한 건 아니다. 거기에서 골프채 휘두르다 보면 암 걸린다."

"그 말을 믿어?"

"믿지는 않지만 외면하기도 힘들어."

"그렇게 암이 걱정되면 암 권위자를 미리 사귀어 둬."

"영관 장교 한 명이 암에 걸렸지. 그는 암 권위자인 송 박사한테 치료받게 됐다며, 평소 대비해온 걸 자랑하더군. 어리석은 사람이야. 암에 걸리지 않게 하는 게 대비지 송 박사와 알고 지낸 게 대비야? 정말이지, 어리석은 사람이야."

"암에는 누구나 걸려. 송 박사와 알고 지내는 건 누구나 할 수 없는 일이고. 누구나 할 수 없는 일을 하는 사람은 어리석은 사람이 아니야."

정한초는 친구와 말싸움을 벌이고 싶지 않아서 입을 다물었다. 홍진기가 대령과 골프 친 얘길 했다. 그날 라운딩한 대령은 나보다 약간 실력이 뒤처졌다. 거기에다가 나는 그날 컨디션도 좋았다. 나는 대령을 살짝 앞서 나갔다. 대령은 표정이 밝지 않았다. 이겨서는 안 된다고 판단했다. 마지막 홀에서 내 퍼팅은 난조에 빠졌고 나는 대령과 올 스퀘어(All square)를 이루었다. 정한초는 얘길 듣고 나서 친구가 '누구나 할 수 없는 일'을 했다고 여겼다. 친구를 자랑스러워하기는커녕 비웃었다. 친구가 화를 냈다. 상관에게 일부러 져줄 수도 있는 것인데 무승부로 마무리한 걸 비웃어야겠느냐면서 친구는 사과를 요구했다. 그는 사과하지 않았다.

친구는 무승부야말로 우리가 지켜가야 하는 것이라는 주장을 내세웠다. 남북은 휴전했고 그게 사십 년 가까이 이어져 오고 있어. 휴전은 무승부야. 생각해 보면 생각해

볼수록 무승부라는 게 참으로 바람직해. 과거에 어느 쪽도 지지 않았다면서 자존심을 유지하고, 앞으로 어느 쪽도 이길 수 없다면서 대결을 피할 수 있게 하거든. 앞으로도 우리는 휴전 그러니까 무승부를 유지해야 해. 정한초는 바로 반박했다. 우리 군이 해야 하는 일은 무승부의 유지가 아니야. 한반도에서 전쟁을 막는 것이고 더 나아가서 그 전쟁의 근원을 제거하는 데 뒷심으로 작용해야 해. 우리 군은 평화유지군이어야 해.

정한초와 홍진기는 서로 의견을 굽히지 않았다. 그렇게 헤어진 후 피차 전화하지 않았다. 홍진기는 내 소식을 들었으리라. 홍진기가 지난겨울의 논쟁이 남긴 앙금을 씻지 못했다고 해도 우리는 육사 이래의 친구이다. 친구의 아내가 도움을 청할 때 그가 외면하기야 하겠는가?

간단하게 생각할 문제가 아니다. 나는 북으로 넘어와 있다. 모든 가능성을 열어 두고 헬기 사고를 조사할 것이고 그러면 자진 월북이 거론될 수 있다. 이런데도 그가 내 아내를 위해 나설까? 치명상을 입지 않으려고 외면할까?

산기슭에다 눈길을 준 채 불쑥불쑥 튀어나오는 생각을 따라다니던 정한초는 다리가 굳어오자 '초소'에서 토끼뜀을 시작했다. 탈출할 때 필요한 체력을 위해서 하루도 거르지 않았다. 토끼뜀을 이백 회 하고 나서 동굴 바닥에 정좌했다. 눈을 감자 군복을 입고 관사를 나서는 자신의 모습이 보였다.

운전병이 지프 앞문을 열어놓고 차려 자세로 서 있다. 나는 관사에서 대대본부로 간다. 대대장실로 들어선다. 책상 위에 놓인, '대대장 정한초'라고 새겨진 오동나무 명패는 보고를 받는다는, 명령을 내린다는 표식이다. 명령이야말로 장교의 자기 확인이지. 부사관이 찻잔을 가져와 탁자에 놓는다. 나는 소파에 앉아 녹차를 마신다. 건강을 고려해 커피 대신 선택한 녹차이다. 이걸 권한 건 아내였다. 아내를 처음 만난 건 육사 졸업반 때였다. 미팅에 나가서 파트너가 정해지기 전에 여자들을 힐끗 봤는데 맘에 드는 여자가 있었다. 뭐라고 설명할 수는 없지만 아무튼 맘에 들었다. 저 여자가 파트너가 되면 애프터를 신청해서 데이트를 해야지, 하고 있는데 바로 그녀가 파트너가 됐다. 그녀이름은 이숙희였고 웃으면 볼에 보조개가 살짝 파였다. 이숙희는 한 달이 채 지나지 않아서 내 마음속으로 깊이 들어왔고 나는 그녀의 자리가 좁지 않도록 채순애의 흔적을 치웠다. 마음속에 상관을 모시며 사는 것이 뭔지 알 수 있었다. 나는 이숙희와 혼인하게 됐을 때 그렇게 말했다. '나폴레옹 보나파르트가 조제핀을 얻는다.' 그녀는 생글생글 웃으며 그 말을 바꾸었다. '조제핀이 나폴레옹 보나파르트를 얻는다.' 그런 말을 주고받을 당시 나는 나폴레옹과 조제핀이 나중에 헤어진다는 건 염두에 두지 않았다. 나폴레옹이 이탈리아 원정군을 이끌고 알프스를 넘는 모습을 그린 다비드의 「알프스를 넘는 나폴레옹」을 떠올렸다. 어릴 적 그런 그림이 박힌 책받침을 사용했기에. 책받침에는 그림 아래쪽에 이런 구절이 있었다. '내게 불가능은 없다.' 책받침은 육사를 다닐 때도 고향 집에 남아 있었다. 나는 그걸 보고 속으로 외쳤다. '나는 별을 단다. 내게 불가능은 없다.' 회의실로 걸어간다. 옆으로 작전참모가 다가온다. 회의 안건은 '경계의 정확성 확보'이다. 경계의 정확성 확보는 경계병 눈이 매의 눈처럼 예리해야 가능하다. 부하들은 매가 되고 나는 매사냥꾼이 돼야 한다. 매사냥꾼으로서 나는…….

정한초가 동굴 바닥에서 몸을 벌떡 일으켰다. 사단에서는, 육본에서는, 한미연합사에서는 날 두고 어떤 회의를 했을까? 마음이 뒤숭숭해지자 차려 자세를 취했다. 정면을 보고 숨을 깊이 들이쉬었다. 마음이 가라앉을 때까지 부동자세를 견지했다.

전방의 보병사단에서 중대장을 할 때였다. 사병들에게 부동자세를 강조했다. 연병장에 사병들을 집합시켜 놓고 부동자세로 서 있는 훈련을 매주 한 시간씩 실시했다. 처음에는 5분도 못 돼 흔들거리던 사병들이 나중에는 반 시간 넘게 버티었다. 한 달을 교육했는데도 10분도 채 지나지 않아서 몸을 뒤트는 사병이 있었다. 고향 중학교의 후배이기도 한 윤진후였다. 정한초는 질색이었지만 중대원 대부분이 윤진후를 좋아했다. 그는 우스갯소리를 잘했다. 코미디언이 될 거라는 소문이 있었지만 보안사령부―당시는 기무사령부를 그렇게 불렀다―에서 알려준 바로는 과격한 농민 단체의 열성분자였다. 경운기를 몰고 경찰의 바리케이드로 돌진한 적도 있다고 했다. 혹시라도 소총을 들고 철책 너머로 돌진하는 일이 없도록 정한초는 윤진후를 GOP에 보내지 않았다.

어느 봄날 정한초는 화단 가를 지나다가 윤진후와 마주쳤다. 고향 중학교 선배 아닌 군대 상관으로서 몇 마디 경고를 했다. 여기서 서툰 짓을 하면 혼내주겠다는 요지였다. 북한에게 겨누어야 할 것은 총이 아니라 우리의 미래라느니 하는 운동권 논리를 함부로 말하지 못하게 겁을 준 거였다. 그의 경고에 윤진후는 표정을 바꾸지 않았다.

정한초는 고향의 선후배끼리 잘 지내 보자고 했다. 윤진후는 대꾸하지 않았다. 고향 선배에게 재미있는 얘길 해달라고 부탁했다. 이번에도 대꾸하지 않고 빤히 쳐다보기만 했다. 정한초는 딱딱한 분위기를 풀어 볼 요량으로 웃어 보였다. 이것 또한 윤진후에게 아무런 반응을 일으키지 못했다. 그는 권총을 뽑아서 윤진후를 겨누었다. 사살해버리고 싶을 정도로 화가 치민 것은 아니었다. 겁을 주기 위함이었다. 윤진후는 표정을 바꾸지 않았다.

정한초가 권총 총구로 그의 볼을 찌르고 안전장치를 풀었다. 윤진후가 평소 목소리로 말했다.

"권총은 허리를 구부리고 있는 남자를 기억시켜요. 방아쇠는 남자의 물건이고요. 남자의 물건은 손가락으로 자주 만져주면 배설하지요. 방아쇠도 그래요. 자꾸 만져주면 배설하려고 들어요."

"너 무슨 헛소리를 시부렁거리려는 거냐?"

"총의 배설은 사실이에요. 광주 오월항쟁 때 신군부가 그런 말을 했지요. 총은 자위용이다. 자위는요, 손가락을 놀려서 배설하는 거잖아요."

"그따위 궤변을 늘어놓을래?"

"나도 총은 자위용이라는 말이 처음에는 궤변 같았어

요. 군대 와서 보니까 그게 궤변만은 아니더라고요. 총은 배설하길 기다리고 있더라고요. 그걸 든 사람은 배설을 돕게 되고. 이런 결론을 얻었지요. 총의 배설을 나무라기 전에 우선 총부터 없애야 하는구나."

윤진후가 화단으로 고개를 돌렸다. 거기에 패랭이꽃과 매발톱꽃이 피어 있었다. 그가 씨를 뿌려서 가꾼 야생화들이었다.

정한초는 중학생 때 고향에서 채순애와 풀꽃을 보았다. 채순애가 만들어준 압화는 다 없어졌지만 그녀와 함께 외워둔 풀꽃 이름은 남아 있었다. DMZ는 봄부터 가을까지 풀꽃이 넘쳐나는 곳이었고 고향에서 본 풀꽃도 흔했다. 봄이면 얼레지, 양지, 복수초가 반가웠고 여름에는 매발톱꽃, 노루오줌, 도라지꽃 같은 보랏빛 풀꽃이 눈길을 잡아당겼다. 가을에는 물봉선화, 감국, 쑥부쟁이처럼 빛깔이 은은한 풀꽃이 무리 지어서 피어났다. DMZ에는 작은 연못들이 있었다. 보고 사항에 들어가는 건 아니지만 망원경으로 매일 연못을 살폈다. 여름이 되면 연잎은 밀집대형의 방패처럼 빈틈없이 연못을 덮고 있다. 어느 날 그 방패 사이로 봉오리가 올라온다. 봉오리는 커지면서 붉어진다. 여기저기에서 봉오리들이 방패를 뚫고 올라온다. 붉은빛이 감도는 봉오리들이 터진다. 연꽃으로 뒤덮인 연못은 크나큰 꽃이 된다.

윤진후가 쪼그리고 앉아서 매발톱꽃의 봉오리를 보았다. 옆에 중대장이 있는 것은 전혀 개의치 않는 모습이었다.

"화단에서 뭐가 감동적인지 아세요?"

정한초는 감동이라는 생경한 말이 귀에 거슬려 대꾸하지 않았다.

"수년 지난 씨를 뿌려도 바로 싹이 난다는 겁니다."

"두어 해 지나면 씨가 썩어버리는 게 아닌가?"

"중국 후난성의 창사에서 마왕퇴라고 불리는 무덤이 발굴됐지요. 이천여 년 전 중국 한나라 때에 만든 무덤이었어요. 그곳에 안장된 미라의 배에서 오이씨가 175개나 발견됐어요. 그걸 심었더니 싹이 났대요. 미라의 배 속에서 이천여 년을 버티는 씨인데 몇 년을 그러지 못하겠어요? 수십 년이라고 해도 쉽게 버틸 겁니다."

"수년을 버틴다는 것도 믿기 힘든데 수십 년이라고? 아니, 조금 전에 뭐라고 했어? 이천여 년이라고 했나? 야, 그게 말이 돼?"

"지구는 46억 년이 됐어요. 그 기간을 놓고 보면 이천여 년 정도는 동시대라고 할 수 있어요. 동시대에 만들어진

씨가 동시대에 싹튼 거라고요."

"또 궤변을 늘어놓고 자빠졌어. 야, 내가 보기에는 어떤 사람이 자신의 오이씨를 심고 나서 주위에다 무덤에서 나온 걸 심었다고 거짓말했어."

정한초가 거짓말이라고 반복하며 지휘봉으로 그의 머리를 툭툭 쳤다.

"어머니한테도 같은 이야기를 해드렸지요. 어머닌 그러셨어요. 미라는 그냥 나온 게 아니다. 자신의 후손과 만나려고 땅속에서 바깥으로 나왔다. 그런 말들 하잖아요? 핏줄이 끌어당긴다. 그걸 어머닌 말씀하셨어요."

"마왕퇴 발굴자 중에서 도대체 누가 미라의 후손이라는 거야?"

"저도 그게 궁금했지요. 어머니께서 바로 가르쳐주셨어요. 오이씨를 찾아내 땅에 심은 사람이다."

"헛소리야."

"정말입니다."

"확인된 게 아니잖아?"

"씨를 남긴 사람과 그걸 심는 사람은 한집안이지요. 시골에서 사셨으니까 그렇다는 걸 아실 거예요. 마왕퇴 발굴자 중에서 누가 그 미라의 후손인지는 굳이 확인할 필요도 없어요. 딱 보면 알 수 있으니까요."

윤진후는 계속 한집안을 얘기했으나 그는 흘려들었다.

정한초가 부동자세를 풀고 '경계 창'으로 가서 밖을 내다보았다. 들판에 일하는 주민들이 보였다. 망원경으로 주민 한 명을 잡았다. 그는 무논에서 볍씨를 뿌리고 있었다. 고향 마을에서는 못자리에서 모를 길러내 모내기했다. 무논에다 볍씨를 직파하는 건 그로서는 처음 보는 거였다. 망원경으로 주민을 좀 더 잡아당겼다. 주민 얼굴은 거름기 많은 논흙의 색깔처럼 거무스름했다.

＊

정한초가 '초소의 경계 창' 가에서 동쪽 마을을 살펴보았다. 여기에서 머무는 동안 마을의 큰키나무들은 녹음이 짙어지면서 조금씩 부풀어 올랐다. 그사이에 끼어 있는, 스물한 채에 이르는 집들은 녹음 뒤로 조금씩 숨어들어 갔다.

눈길이 마을 맨 뒤의 집에 머물렀다. 집은 이곳에서 2킬로미터쯤 떨어져 있어서 육안으로는 거의 보이지 않았다. 망원경으로 보면 붉은 기와지붕의 일(一)자형 벽돌집이었다. 다른 집처럼 앞에다 작은 텃밭을 두었다. 집에는 할아버지가 한 명 있었다. 허리가 곧은 걸 보아 환갑을 갓 넘긴 나이로 여겨졌다. 할아버지는 들판에 나오지 않았다. 마을 사람들이 모여서 들판 가운데의 냇둑에서 방천할 때 딱 한 번 할아버지가 집을 나선 적이 있었다.

정한초가 망원경으로 할아버지를 처음 살펴보았을 때 그는 텃밭에 있었다. 네모진 모양의 텃밭은 서른 평이 채 넘지 않을 듯했다. 그곳에 어떤 채소가 있는지 알 수 없었다. 싸릿대 바자울이 텃밭 안을 망원경으로 잡아내는 걸 방해했다. 그래도 그곳을 살펴서 채소 다섯 가지가 자라고 있다는 것은 알아냈다. 텃밭에 농도가 다른 초록색 덩어리 다섯이 있었던 것이다.

마을의 맨 뒷집 텃밭에서 뭔가 움직이는 듯했다. 정한초는 망원경을 집어 들었다. 할아버지가 텃밭의 초록색이 짙은 곳에 서 있었다. 상추밭이리라. 이런 늦봄에는 뭐니 뭐니 해도 상추지. 상추 뜯어다 된장에 쌈해 먹는 맛이 바로 늦봄의 맛이지. 쌈에는 깻잎도 좋은데. 다른 곳에다는 뭘 심었을까? 배추나 무, 뭐 그런 것들. 배추는 있겠지. 북한 사람들도 김치 담가 먹고 사니까. 무도 있고. 지금의 무는 한여름 열무김치용이지. 다른 채소는 부추나 마늘 아닐까? 쑥갓이나 아욱은? 가지나 오이일 수도 있지. 콩도 기를 텐데. 언젠가 본 북한 사진에는 빈터에다 심어놓은 콩이 있던데.

그는 뒤로 벌렁 누웠다. 어머니가 가꾸는 고향 집 텃밭에도 지금 상추가 제철을 맞았으리라.

그가 국민학교에 다닐 적, 고향 집의 삼백여 평에 이르는 텃밭에는 철 따라 채소가 자랐다. 봄이 되면 어머니는 상추씨를 뿌렸다. 날씨는 하루가 다르게 따뜻해지고 상추 이파리는 쑥쑥 커나갔다. 늦봄에 이르면 갬상추가 돼 상추쌈을 할 수 있었다. 어머니는 감나무 아래로 옆집 아주머니를 불러서 함께 먹었다.

상추쌈이 물리면 아욱된장국이 입맛을 돋우었다. 어머니는 아욱을 넣어 된장국을 끓이곤 했다. 국솥이 끓어 넘칠 때 된장 냄새에 아욱 냄새가 묻어났다. 국을 먹을 때 아욱 건더기는 부드러워서 있는 듯 없는 듯 그렇게 목으로 넘어갔다. 아욱국이 상에 놓일 무렵 살짝 데친 쑥갓나물이 독특한 맛으로 입안을 채웠다. 역시 살짝 데쳐 만드는 부추나물에서는 은은한 맛이 났다. 날것으로 담근 부추김치에서는 자극적인 맛이 있었고.

봄의 텃밭은 꽃밭이었다. 무 장다리꽃은 보라색이 번진

흰 꽃으로 피어났다. 봄바람에 하늘거리는 모습은 무희 같았다. 배추 장다리꽃은 그 어떤 봄꽃보다도 샛노란 빛깔을 뽐내면서 텃밭으로 벌과 나비를 불러들였다. 꽃, 하면 유채꽃을 빼놓을 수 없었다. 국민학교 시절 텃밭에 핀 유채꽃을 볼 때 저게 왜 꽃밭 아닌 여기 있나 하고 궁금했다.

초여름, 고추가 열리면 거기 질세라 가지가 커졌다. 그걸 보다가 오이는 이것들 봐라 하면서 더 자라버렸다. 장마가 오면 고추는 떨어지고 가지는 썩었다. 그때에도 오이는 잘 자랐다. 오이가 키를 키우는 걸 보면서도 호박은 옆으로만 몸을 불렸다. 장마에 자란 호박은 국건더기에, 무침에, 부침개에 두루두루 쓰였다. 부침개를 만드는 비 오는 날은 마을 앞 정자에서 막걸리 잔치가 벌어졌다. 마을 사람들은 부침개 한두 개와 막걸리 서너 잔으로 점심을 대신했다. 부침개가 식을 무렵 누군가가 노래를 시작했다. 어머니도 유행가를 불렀다. 여느 사람보다 노래는 못했지만 그 누구보다 더 많이 노랫말에다 감정을 실었다. '연분홍 치마가 봄바람에 휘날리더라. 오늘도 옷고름 씹어 가며 산제비 넘나드는 성황당 길에 꽃이 피면 같이 웃고…….'

무더위가 본격적으로 시작될 때 열무김치를 담갔다. 배추도 한여름에는 김치 감으로 제 몫을 다했다. 이때 흔한 풋고추가 김치 담글 때마다 양념으로 끼어들었다. 작은 절구통에 풋고추를 넣고 동글납작한 돌멩이로 슬슬 갈아서 만든 고추 양념. 이걸 열무나 솎은 배추에다 넣고 어머니는 손으로 버무렸다. 열무김치나 배추김치를 그릇에다 담기 전에 어머니는 고추 양념이 묻은 손으로 김치 가닥을 집어서 내밀었다. 아, 해 봐. 정한초는 제비 새끼처럼 입을 벌렸다.

열무김치는 옆집과 나눠 먹었다. 옆집 아주머니는 자기네 텃밭에서는 열무가 자라지 않는다고 했다.

그날은 장날이어서 할아버지와 할머니는 장에 갔다. 정한초는 따라가려고 했으나 할머니가 더위 먹는다고 막았다. 떼를 써도 할머니가 받아주지 않았다. 할아버지가 장에서 과자를 사다주겠다고 했다. 그는 과자를 원하고 있었으므로 당장 떼쓰는 걸 멈추었다. 공부방에 누워서 할아버지와 할머니가 오길 기다렸다. 옆집 아주머니가 놀러 왔다. 밖으로 나가서 아주머니한테 인사하는 게 귀찮아서 잠든 척했다. 아주머니가 공부방 창을 열어도 일어나지 않았다.

"용산댁, 한초는 낮잠 자나 봐."

"여름방학이라서 빈둥거리다가 낮잠 자다가 그래."

"한초야 공부를 잘한게 낮잠 자도 되제. 우리 딸은 공부를 못하는 것이 통 하지도 않아."

"애들은 바뀌잖아."

"아니여. 우리 딸은 안 바뀔 거여."

"어떻게 알아?"

"고것이 딸이어서 외탁할 줄 알았더니 친탁이여. 알제, 우리 남편은 바뀌지 않는다는 걸?"

아주머니가 남편 흉을 보려고 하자 어머니가 점심을 먹자고 했다. 아주머니는 한번 남편 흉을 보기 시작하면 좀체 끝내지 않았기에 어머니는 화제를 돌리거나 먹거리를 내놓았다.

어머니가 마루에다 개다리소반을 놓는 소리가 들렸다. 어른들이 장에 가셨으니까 여기에서 대충 먹자, 마루에서 이렇게 먹는 게 여름에는 한 맛이다, 어제 담은 열무김치인데 맛이 괜찮을는지 모르겠다, 하는 말이 들려왔다. 그는 밖으로 나가지 않기로 했다. 나가면 점심을 먹어야 하는데 그러고 싶지 않았다. 할머니와 할아버지는 장에서 과자만이 아니라 빵도 사 올 수 있다. 점심을 먹었다고 하면 조금만 주고 나머지는 남겨 둔다. 점심을 먹지 않았다고 하면 몽땅 내어준다.

옆집 아주머니가 열무김치를 두고 얘기하다가 열무를 말했다.

"김장 무 아닌 열무라고 해서 아무 밭에서나 잘 자라는 게 아니여. 거름이 돼 있는 밭이라야 잘 자라제. 우리 밭은 거름발이 나질 않는당께. 남편이라고 하나 있는 화상이 밑거름을 하지 않은께 그래. 열무를 심어서 뽑아 보면 뿌리가 딱 화상의 그것이여. 가늘면 길기라도 하던가. 이건 가는 데다 짧기까지 하니 원. 화상은 텃밭에만 밑거름을 하지 않는 게 아니여. 한 이불을 덮고 지내는 마누라의 그 밭에도 밤중에 밑거름을 하지 않아."

"말은 그렇게 해도 가끔은 해주지?"

"내 말 못 믿어?"

"한밤에 홍두깨식으로 느닷없이 달려드는 일도 없어?"

"그럴 때야 있기는 있제."

"지린 똥도 똥이고 한밤의 홍두깨처럼 들어온 것도 들어온 것이지."

"어쩌다 달려들기는 하는디 그때도 안 한 것하고 같아. 화상이 씩씩거려 봐야 나로서는 느낌이 통 없은께."

옆집 아주머니가 목소리를 높였다.

"밑거름이란 게 뭐여? 채소 뿌리에 거름발이 확 돌게

거름을 많이 뿌려야 하는 것 아니라고? 채소 이파리에다가 오줌 몇 방울 비칠비칠 흘리면 그건 밑거름이 아니라 채소 이파리만 더럽히는 것이제. 안 그래?"

"밑거름은 하지 않아도 웃거름은 하는구먼그래."

"그나저나 이 집의 과부는 일 년 내내 밑거름은커녕 웃거름도 해주는 이가 없어. 그런디도 어떻게 이렇게 잘 살아?"

"어떻게 살긴? 텃밭 가꾸는 재미로 살지."

"솔직히 말해봐. 학도의용군으로 나가기 전에 그 고등학생이 어떻게 해주었어? 어떻게 해주었기에 다른 남자한테는 눈길을 안 돌리고 살아?"

"밥이나 먹어."

"살과 살이 타고 뼈와 뼈가 으스러지는 그런 밤을 보냈나 봐. 시원하게 다 태워버렸은께 더 태울 것도 없제, 뭐. 당연히 다른 남자한테 눈길 보내지 않제. 나도 용산댁처럼 그런 밤을 며칠만 보냈으면 원이 없겠어."

"우리 텃밭에 부추가 잘 자랐어. 그걸 베어다가 반찬해서 먹여 봐. 그게 남자한테 그렇게 좋다네."

"전에 그 말 듣고 당장 부추밭을 만들었제. 부추를 먹여봤어. 효과 없어. 장어하고 부추하고 겸해서 먹여도 봤어.

그래 봐야 비칠비칠 오줌 싸는 정도여."

"왜 그렇게 효과가 없어?"

"나도 그게 궁금하더라고. 남편한테 까놓고 물었제. 왜 장어하고 부추하고 먹었는디도 예전이나 똑같으냐?"

"진짜로 물었어?"

"남편이 내쏘더군. 야, 뭘 먹는다고 망아지 좆이 바로 말 좆 돼냐? 그만해라."

"우리도 그만 떠들고 점심이나 먹자고."

"이튿날 내가 부추밭을 없애버리려고 삽으로 파고 있었더니 남편이 와서 그래. 그대로 두어라. 망아지 좆이 강아지 좆 되는 꼴 보기 싫으면."

어머니와 옆집 아주머니는 얘길 계속했고 그걸 듣다가 정한초는 잠이 들어버렸다. 할머니가 장에서 돌아와서 우리 강아지, 이리 와, 하고 찾았을 때야 잠에서 깨어났다. 이전까지는 강아지라는 말이 좋았는데 그날은 듣고 싶지 않았다. '망아지 좆이 강아지 좆 되는 꼴'이란 말이 떠올라서. 잠시 후에 과자와 빵을 먹으면서 그 말은 잊었다. 할머니가 그랬다. 우리 강아지, 먹는 것도 복스러워.

후텁지근한 날씨가 이어지면 정한초는 더위를 탔다. 밥맛을 잃은 그가 찾는 것은 식초가 살짝 뿌려진 오이냉국이었다. 시원한 샘물로 만든 맑은 국물, 코와 혀로 파고드는 식초의 신맛, 오이가 아삭아삭 씹히는 소리. 어머니가 밥상머리에서 부쳐주는 부채의 바람을 맞으며 오이냉국을 먹노라면 더위는 온데간데없었다.

뙤약볕이 채소 이파리를 흐느적거리게 만드는 한여름, 그는 여름방학을 맞아 집에서 뛰어놀았다. 텃밭 가장자리에서는 군것질거리가 제철임을 알렸다. 단수수, 개구리참외, 수박. 단수수는 여느 수수처럼 키가 쑥 자라고 밑동에서 붉은빛이 나는데 줄기에서 단맛이 났다. 봄에 씨를 뿌려두면 여름에 먹을 수 있었다. 껍질을 벗겨낸 후 고갱이를 씹으면 입안에 단물이 고였다. 단물을 삼키고 입에 남은 건 내뱉으면 됐다.

단수수도 여느 수수처럼 이삭을 내고 가을에 익는다. 단수수와 수수의 낟알을 털어내고 난 이삭으로는 빗자루를 만든다. 부엌 바닥을 쓸 때 수수 빗자루가 안성맞춤이다. 큼직해서 땔감 부스러기를 쓸어 아궁이로 몰아넣기에 알맞다. 방 빗자루는 벼 이삭에서 낟알을 털어낸 것으로 작게 엮는다. 머리카락을 쓸어내기에는 그렇게 작은 게 좋다. 마당 빗자루는 댓가지로 만든다. 낙엽에서 자갈까지 한꺼번에 쓸어내기에 편하다. 싸리 빗자루나 명아주 빗자루도 마당 쓸기에 괜찮고.

빗자루를 오래 사용하면 몽당빗자루가 되는데 여기에 피가 묻으면 도깨비로 변한다. 정한초는 어릴 적에 그렇게 믿었다. 마을 사람들도 그랬고. 왜 하고많은 물건들 가운데서 몽당빗자루가 도깨비로 변하느냐고 그는 어머니한테 물었다. 빗자루는 더러운 걸 쓸어내잖아. 그런 좋은 일을 하다 보니 다른 모습으로 태어날 수 있어. 물론 바로 태어날 수는 없지. 사람 손에서 온기를 건네받아야지. 말하자면 달걀이 제 어미 온기에 의해서 병아리로 변해가듯 몽당빗자루도 그걸 쓴 사람의 온기에 의해서 도깨비로 변해가. 거의 다 변했을 때 사람 피가 묻으면 도깨비가 돼. 다른 사람 피가 아니라 그걸 사용한 사람의 피가.

그가 어릴 적에 어머니는 부엌에서 수수 빗자루를 썼다. 할머니가 어머니한테 일렀다.

"아궁이에다 불 넣을 적에 빗자루 깔고 앉지 마라. 빗자루가 여자 거기의 뜨거운 김을 받고 살아난께."

"몽당빗자루, 고것이 남자 물건도 아닌데 여자 엉덩이에 깔려 뜨거운 김을 쐤다고 살아나요?"

"그래."

"수수 빗자루가 여자 엉덩이 밑에서 숨을 헐떡이며 꼼

지락거리는 걸 어머니께서 보셨어요?"

"여자 가랑이를 닮은 산자락에다가 묘를 쓰면 죽은 사람도 기운이 넘쳐나. 그 기운이 자손한테 가서 자손이 씩씩해져. 닮기만 해도 그렇게 좋은 곳이 여자 가랑이인디 거기서 쏟아져 나온 뜨거운 김을 직접 쐬어 봐라. 수수 빗자루인들 가만있겠냐? 발딱 서버리제."

어머니가 고개를 절레절레 흔들었다.

"엉덩이 밑에서도 발딱 선다고요? 참말로 그러면 이번에는 그것이 거기로 밀고 들어오겠네요?"

"밀고 들어온다. 그란께 하는 말인디 빗자루 끝하고 네 거기하고 딱 맞춰서는 안 돼. 더더구나 달거리할 때는 절대 안 돼. 만약에 피가 빗자루에 묻는다. 빗자루가 도깨비로 변해."

"어머니, 동네에 도깨비하고 홀어미가 있어야 재밌는 거 아닌가요?"

"네가 뭔 말을 듣기는 들은 모양이다마는 남자한테서 들었구나."

"여자는 다르게 말해요?"

"당연하제. 여자는 이렇게 말해. 마을에 도깨비하고 홀아비가 있어야 재밌다."

"어머니는 도깨비를 만나보셨어요?"

"만났제."

"설마?"

"설마가 사람도 잡고 도깨비도 잡아."

"도깨비를 만났을 적 도깨비방망이를 얻어놓지 그러셨어요?"

"여자는 도깨비방망이를 원하지 않제."

"아니, 왜요?"

"홀로 사는 며느리한테 이런 말 하기는 머시기하다마는, 여자한테는 남자 방망이가 제일이여. 고것만 있으면 도깨비 방망이는 쓸데없제."

어머니는 매년 텃밭에다 단수수를 심었지만 마을의 다른 텃밭마다 그게 있는 건 아니었다. 마을에서 텃밭에다 단수수를 심는 집은 열 집도 채 안 됐다. 할머니가 귀한 손자를 위해서, 어머니가 늦둥이나 외아들을 위해서 심는 거였다. 참외나 수박도 그랬다. 수박은 차지하는 바닥이 상당해서 웬만한 텃밭에서는 기를 엄두를 내지 않았다. 아주 넓은, 그러니까 부자의 텃밭이어야 수박을 길렀다. 부자는 여름에 텃밭의 수박덩이를 따서 우물 속에 한나절을 두었다가 먹었다. 그런데 부자가 아니었던 그의 집 텃밭 가장

자리에 수박 넝쿨이 있었다. 수박 넝쿨은 가장자리를 타고 가다가 반대편에서 뻗어 나온 참외 넝쿨과 만났다.

늦여름에 김장 배추씨와 무씨가 뿌려졌고 초가을부터는 김장 채소밭에서 솎아낸 무와 배추로 김치를 담갔다. 가끔은 쌈밥을 해서 먹었다. 솎은 배추와 무 잎에다 밥을 놓고 위에다 된장이나 젓갈을 놓아서 쌈을 만들었다. 찬바람머리에는 속이 들게 지푸라기로 김장 배추 허리를 동여주었다. 그 무렵 논고랑에서는 미꾸라지가 잡혔다. 우거지나 시래기를 넣고 추어탕을 끓였다.

가을 텃밭은 김장 무와 배추만 차지하는 데가 아니었다. 감자밭이 있었다. 동네에 봄 감자는 흔해도 가을 감자는 많지 않았다. 어머니는 아들의 간식거리를 마련하고자 가을 감자를 심었다.

가을 감자는 늦가을에 캔다. 어머니는 감자를 텃밭에서 캐내 양지에다 말려두었고 그는 해거름에 감자를 바구니에다 담아야 했다. 감자에는 흙이 묻어 있다. 감자를 바구니에 담을 때 흙이 떨어져 나와 손에서 바스러진다. 메마른 느낌이 들 것 같은데 그렇지 않다. 흙이 건네는 건 가을 햇볕의 따뜻함이다. 그런 따뜻함은 어머니 손에도 있다.

가을 감자처럼 가을 강냉이도 간식거리였다. 강냉이가

베어지고 나면 거기에 멍석이 깔렸다. 멍석에서 말려지는 건 호박, 가지의 고지였다. 어머니는 고지를 말린다고 하지 않았다. 햇볕을 받아서 갈무리하는 거라고 했다. 가을 햇볕을 많이 받아서 갈무리해두어야 그게 겨울에 입에서 풀려나와. 설이나 대보름에 고지 나물을 먹는 것은 햇볕을 먹는 것이다.

겨울이라고 해서 텃밭이 겨울잠을 자는 건 아니었다. 거기에는 마늘이 이파리를 내밀고 있었다. 쪽파도 빠지지 않고 자리를 차지했다. 씨받이로 남겨진 배추와 무 몇 포기는 찬바람 속에서 봄날을 기다렸다. 그것들이 눈에 묻혀 얼음덩이가 돼버리지 않도록 어머니는 초겨울이면 지푸라기로 덮어주었다.

텃밭 한구석에는 밑거름으로 쓸 두엄이 겨우내 썩어갔다. 그 냄새가 진해지면 봄이 온 거였다. 국어책에서는 매화 향기가 나야 봄이라고 했으나 고향 마을 사람들은 텃밭에 썩혀둔 두엄에서 냄새가 짙어지면 날씨가 풀렸다는 걸 알았다.

정한초는 '초소' 바닥에 누워서 고향을 되새기다가 일어났다. 돌아가야 한다. 남도의 고향에는 어머니가, 서울에는 아내와 아들이 있다.

염두에 둔 탈출로를 하나하나 뒤적였다. 어제 처음으로 찾아낸 탈출로는 판문점 JSA로 가는 거였다. 이곳은 아마 황해북도 금천군일 터이므로 판문점 JSA까지는 수십 킬로미터밖에 되지 않아서 가깝다. 그가 그곳을 탈출로로 염두에 둔 것은 가까워서만은 아니었다. 그곳으로 가는 차도가 있을 거라는 판단에서였다. 개성으로 찾아가면 분명 판문점으로 이어지는 차도가 있다. 지도와 나침판이 없는 상황이어서 탈출에 나선다고 해도 길을 잃기 쉽다. 차도를 따라가면 그럴 일은 없다. 물론 차도 위로 가지는 않는다. 그걸 멀리 두고서 산을 넘고 들을 지나간다.

오늘 따져 보니 판문점 JSA로 가는 탈출로는 문제가 많았다. 우선 개성으로 가야 하는데 개성은 북한의 직할시인 만큼 들고나는 곳에 검문소가 있다. 그리고 판문점 주위는 그 어느 곳보다 적의 경계가 심한 지역이다. JSA 접근은 거의 불가능하다. 그곳으로 가서 탈출에 성공한다고 해도 문제이다. 내 존재가 매스컴에 알려지게 된다. 국방부에서 나를 전사자로 처리해두었을 경우 내가 등장하면 문제가 복잡해진다. 언론에서는 국방부가 거짓말했다며 한바탕 떠들어댈 터이다. 국방부나 육본의 고위층이 다치게 될지도 모른다. 나는 상관을 다치게 한 장교가 돼버린다. 대령

승진 심사를 받을 때 국방부 고위층이 명부에 적힌 내 이름을 체크해줄까? 승진 대상자에서 아예 제외해버릴 것이다. 나는 언론의 관심이 사라진 후 군복을 벗어야 하리라.

언론에 드러나지 않고 북으로 넘어왔듯이 그렇게 귀환해야 한다. 그래야 국방부에서는 이미 했던 발표를 수정하거나 변명할 시간적 여유를 가질 수 있다. 기자 회견장에 나가게 될 경우에는 '국민이 신뢰하는 대한민국 육군'에 알맞은 사항만 언급하면 된다. 그렇게 하면 대령은 물론이고 장군까지 떼놓은 당상이다.

적지 탈출은 장군이 되려고 가는 길이기도 하는 만큼 작전명은 '장군의 귀환'이라고 한다. '장군의 귀환'은 육로로는 거의 불가능하다. 물길을 타고 간다면 가능성은 있다. 우선 냇물을 타고 예성강으로 간다. 예성강 하구에서는 강화도가 보일 터. 거기에서 어선을 탈취한다. 어선이 여의치 않으면 뗏목을 만들고.

예성강 하구에서 뗏목을 띄울 수 있을까? 인민군은 접적지역이기에 순찰선을 두고 하구를 감시한다. 하구의 강가에서는 적의 온갖 망원경들이 강 위를 쏘아본다. 강가를 인민군이 순찰하는 것은 물론이고 아침저녁으로 흔적을 조사한다. 강가에서 잠시 머물러 있기도 어려우리라. 그렇지만 홍수가 져도 강 하구에 순찰선이 돌고 있을까? 순찰선은 정박시켜두고 강가에서 경계만 하리라. 내가 홍수에다 작은 뗏목을 띄운다면? 물에는 여러 잡다한 것들이 떠서 흘러가고 여기에다 장맛비까지 쏟아질 터이니까 서치라이트를 비춘다고 해도 날 발견할 수 없으리라. 더구나 홍수라서 물살은 빠르다. 예성강 하구에서 뗏목을 타면 한나절 이내에 서해 깊숙이 흘러가리라.

장마철에 맞춰 예성강 하구에 도착해야 한다. 지금이 오월 하순이니까 빠르면 장마철은 반달 후에 시작되리라. 녹음이 짙어지길 조금만 더 기다렸다가 예성강 하구로 출발하자.

정한초가 '경계 창' 가로 가서 마을 앞의 냇물을 망원경으로 살폈다. '장군의 귀환'을 시작할 때 그 출발점으로 삼아야 할 냇물이었다. 냇물은 들판 가운데를 지났다.

들판에 듬성듬성 박힌 무논이 한낮의 햇빛을 받아 반짝거렸다. 논두렁길을 사람들이 걷고 있었다. 정한초가 망원경으로 그들을 살펴보았다. 남자 다섯 명이었다. 반소매 셔츠를 입었는데 검거나 누런색이었다. 바지는 회색으로 정강이까지 걷어붙이고 있었다. 경지정리가 안 된 계단식 논이라서 논두렁길이 구불구불했다. 그들은 서두르는 기색이 없이 길을 타고 이쪽 산 밑으로 다가왔다. 손에 삽이나 괭이를 들었다.

사람들은 산 밑의 무논 논둑에서 멈추었다. 이곳에서의 거리는 목측으로 1km였다. 망원경에 잡힌 그들의 옷차림이며 얼굴은 농사꾼이었으나 정한초는 의심하기 시작했다. 남자가 다섯 명이나 논둑에 서 있다는 게 그런 의심을 만들어냈다. 저들은 인민군의 특수부대원이 아닐까. 내가 있는 동굴로 쉽게 접근하기 위해서 농사꾼 복장으로 다가온 것은 아닐까. 농사꾼이라면 이곳 동굴 입구까지 오더라도 내가 별다른 대비책을 세우지 않을 테니까. 바싹 다가와서 날 덮친다. 나는 자폭할 틈마저도 갖지 못한다.

군대에서 자폭은 두 종류이다. 적을 죽이면서 나도 죽는 것과 나만 죽는 것. 어느 경우이든 세상에서 말하는 자살과는 거리가 있다. 군대의 자폭이란 날 증오해서 이뤄지는 게 아니다. 그건 적을 증오한 결과이다. 자폭의 이유, 적에게 잡혀서 명예를 더럽힐 수 없다거나 정보 발설을 원천 봉쇄해버리겠다는 그 이유는 이면에 적을 증오하는 감정을 가지고 있다. 적을 증오하기 위해서는 우선 싸워야 한다. 앉아만 있으면 자폭은 없다. 싸워야만 감정이 격앙되고 자폭에 이른다. 사단본부 행정병은 자폭하지 않지만 야전 소대의 소총수는 자폭한다.

적을 생포하기 위해서는 적에게 저항할 시간을 오래 주면 안 된다. 적은 저항하면서 증오를 격앙시키고 잡힐 위기에 처하면 자폭해버리기에. 생포를 위해서는 갑자기 들이닥치는 게 상책이다. 증오심을 키우는 시간을 주지 말고 당황하게 만들어야 한다.

정한초가 망원경으로 논둑에 서 있는 사람들을 다시 살펴보았다. 맨 앞의 사람이 뒤에다 대고 뭐라고 소리쳤다. 은신처에 접근했으므로 조심하라고 한 걸까.

멀리서 헬기 소리가 들렸다. 그는 동굴 한구석에 두었던 권총을 집어 들었다. 헬기 소리가 점점 커졌다. 남성 합창의 저음에서 고음으로 서서히 올라가는 대목처럼 그렇게 커지면서 소리는 밀려왔다. 헬기가 어느 쪽에서 날아오는지 동굴 속에서는 알 수가 없었다. 동굴 속을 들이치고 있는 소리는 분명 한두 대가 아니었다. 대여섯 대는 돼 보였다.

헬기 소리에 동굴이 울리기 시작했다. 헬기들이 바로 위에 떠 있는 게 분명했다. 그가 동굴 밖으로 뛰쳐나가려고 할 때 헬기 소리가 작아졌다. 선회 비행을 하다 보니 조금 물러난 것일까? '경계 창'으로 가서 밖을 내다보았다. 넉 대의 헬기들이 후미를 보인 채 횡대로 줄을 맞추고 날아가고 있었다.

헬기들이 산 밑의 무논 위에 이르렀다. 헬기가 워낙 낮게 떠가고 있어서 논물이 뒤집혔다. 논둑에 있던 사람들이 바닥에 웅크렸다. 군부대 가까이 살아서 이런 일에 익숙하리라.

낮게 지나가는 헬기의 프로펠러 바람에 몸이 휩쓸리지 않도록 엎드린 사람들. 헬기가 크나큰 솔개라면 사람들은 꺼병이 꼴이었다. 이런 모습은 낯익었다. 월남전 사진에서 들판 위의 미군 헬기와 논둑에 웅크린 월남 농민을 자주 봤으니까.

월남의 미군, 하면 정한초는 헬기를 떠올렸다. 그들은 헬기를 타고 전진하고 헬기를 타고 후퇴했다. 싸울 때도 헬기와 함께했다. 베트콩은 정글 속에 머물러서 좀체 보이지도 않았다. 미군은 헬기로 정글 위를 그토록 많이 날아다녔으나 끝내 그곳을 장악하지 못했다. 정글은 큰키나무 우듬지 위를 나는 미군이 아니라 땅속의 뿌리 옆에서 기어다니는 베트콩의 것이었다. 정글의 주인은 후에 월남의 주인이 됐다.

손에 땀이 뱄다. 권총을 바닥에다 놓았다. 바지에다 손바닥을 문질러 땀을 닦았다. 씻지 않은 손이어서 때가 바지에 묻어났다. 바지는 그간 전혀 빨지 않고 흙탕이 묻으면 묻는 대로, 습기가 배면 배는 대로 입고 지냈다.

들판 위를 날아가던 헬기들이 갑자기 속도를 높였다. 들판을 지나 야산 밑에 이르자마자 로켓포를 발사했다. 포탄이 투하된 지점을 헬기들이 에워쌌다. 알을 낳는 잠자리가 수면으로 내려갔다 올라오곤 하듯이 상하로 왕복을 거듭하면서 헬기들이 로켓포를 퍼부었다.

망원경에 잡힌 야산의 큰키나무 숲은 신록과 녹음이 뒤섞여 있었다. 민둥산이 아니고 탄착지점 표시가 없는 점으로 보아 헬기의 사격 훈련장은 분명 아니었다. 왜 저곳에다 로켓포를 퍼붓는 것일까? 추락한 블랙 호크의 생존자가 저곳에 있다고 여긴 것일까?

포연을 남기고 헬기들이 이쪽으로 날아왔다. 이곳이 제2의 목표는 아닐까? 산 아래의 논에 있는 사람들은 인민군 특수부대원들이 아닐까? 헬기들이 제1목표를 박살내는 동안 날 감시하는 역할. 정한초는 끈끈한 땀에 젖은 손으로 권총을 집어 들고 산 밑의 무논을 보았다. 그들은 논둑에 서 있었다.

헬기 넉 대가 빠르게 다가왔다. 정한초는 눈을 부릅떴다. 적은 나를 무조건 로켓포로 포격해버릴 것이다. 조금

전에 그랬듯이. 동굴에 있다가 포격 당하는 건 매의 눈을 가져야 한다고 강조한 매사냥꾼의 모습이 아니다. 무기가 권총뿐일지라도 밖으로 나가서 적의 헬기에 맞서야 한다. 권총에다 실탄을 남겨두어서는 안 된다.

권총을 들고 동굴에서 나갔다. 헬기가 보이는 곳으로 가기 위해 산기슭을 내달렸다. 달리기 시작하자 두려움이 없어졌다. 그래, 군인은 달려야 해. 돌격 앞으로! 그보다 더 위대한 구호가 어디 있단 말인가. 동굴 속에서 숨어 지내다 보니 오래도록 달리지 않았어. '돌격 앞으로!'를 잊고 살았어.

이백 미터쯤 달리고 났을 때 헬기 소리가 작아졌다. 그는 달리기를 멈추었다. 숨을 고르며 헬기 소리를 다시금 확인했다. 작아진 프로펠러 소리는, 헬기가 이미 산등성이를 넘어가버렸다는 걸 알려주었다.

그는 굴참나무 밑동 옆에 드러누웠다. 굴참나무 이파리가 눈앞을 채웠다. 오늘 헬기가 편대를 지어 와서 로켓포를 퍼부어댔다. 내가 북으로 넘어온 직후에도 그랬다. 헬기를 띄워 적을 기습하는 작전은 미군이 월남전에서 썼던 것이다.

그는 동굴로 돌아가려다 말고 산 밑의 무논으로 고개를

돌렸다. 저곳 사람들이 산기슭을 내달렸던 날 봐버린 건 **아닐까? 그랬다면** 한두 명은 신고하러 갔겠지. 굴참나무 밑동에 몸을 숨기고 망원경으로 그들을 찾았다. 그들은 논 둑 한 곳에 모여서 삽질을 하고 있었다. 모내기를 앞두고 무너지려고 하는 곳을 보수하는 모양이었다.

*

용산댁이 텃밭에서 흙을 손에다 쥐었다. 이슬이 내린 흙은 촉촉했다. 아들 정한초의 이마를 만지는 기분이 들었다. 아들이 중학교 다닐 때 땀에 젖은 이마가 이랬다.

한낮에 흙을 만지면 습기가 적당하다. 한국전쟁 때 만났던 청년의 손이 떠오른다. 농사꾼 손이어서 투박했지만 메말라 있지는 않았다. 수십 년이 지났어도 여전히 메마르지 않고 마음속에 살아 있다. 청년은 북으로 간다고 했는데 무사히 고향 땅에 이르러 농사꾼으로 돌아갔을까?

늦은 오후에는 마른 겉흙이 손에서 바스러진다. 고운 흙이 돼 손가락 사이로 빠져나간다. 한국전쟁 때 학도의용군으로 나가 전사한 고등학생은 전사통지서 단 한 장으로 돌아왔다. 그는 이 땅 어디선가에서 이렇게 고운 흙이 됐으리라. 그의 전사통지서는 흙이 되지 않았다. 시부모는 그걸 장롱의 서랍에다 넣어두었다. 아들의 기일에 꺼내 보고 거기 적혀 있는 걸 손자한테 읽어주었다. 종이는 누렇게 변색했고 가장자리가 부스러졌다. 시부모가 돌아가시고 난 후에 용산댁은 전사통지서를 태웠다. 재는 텃밭에다 묻었다. 한초가 물었다. 엄마, 왜 재를 뿌리지 않고 묻어요? 날려 다니지 말고 땅속에서 머무르라고. 날려 다니면 채소 이파리에 묻어서 지저분한데 땅속에 있으면 거름이 되거든.

해거름에 흙을 만지면 이런저런 기억이 되살아난다. 용산댁이 어릴 적에 어머닌 그러셨다. 텃밭의 채소는 사람 발소리를 듣고 자란다. 아침 발소리보다 해거름 발소리에 더 잘 자란다. 왜 그래요? 네가 텃밭을 일구면 알게 된다. 그녀는 나이가 들어 텃밭을 일구게 됐다. 아침에는 이슬을 받아서 채소 이파리들이 활기차다. 채소를 휘둘러보고 텃밭을 떠난다. 해거름에 텃밭에 가면 한낮의 햇볕에 시달린 채소가 이파리를 늘어뜨리고 있다. 그런 채소에다 물을 준다. 그리고 웃거름을 한다.

그녀는 올해도 텃밭에다 씨를 뿌리고 매일 물을 주고 있었다. 채소는 봄날의 햇볕처럼 밝고 초록색으로 활기차다.

텃밭의 가장자리는 콩밭이다. 떡잎이 아직 떨어지지 않은 콩이 자라고 있다. 여름을 넘기고 가을이 되면 콩밭은 밝아진다. 가을에는 꼬투리에, 콩잎에 누런색이 살살 돈다. 콩잎에서 누런색이 왈칵왈칵 밀려 나올 때 콩을 뽑는다. 타작마당에다 널어두면 콩알이 튀어 오른다. 그 반질반질하고 노란 콩알은 오래 보고 있어도 물리지 않는다. 가을 햇볕이 꼬투리를 까주지만 전부는 아니다. 나머지는 도리깨로 두들긴다. 도리깨는 도리깻열을 한 바퀴를 돌리고 나서 날려 보내기에, 도리깻열은 고깔의 상모처럼 원을 그린 후에 바닥에 떨어진다. 시아버지가 도리깨질하는 걸 보면 학춤을 추는 듯이 매끄러웠다. 아들이 고등학생 때 도리깨질을 한 적이 있는데 텔레비전에서 본, 가수들이 나와서 사지를 꺾으며 추는 춤 같았다.

시아버지는 한겨울에도 가끔 도리깨를 꺼냈다. 손자를 위해서 마당의 얼어붙은 공기를 깨뜨리려고 그런다고 했다. 이 할아버지가 말이여, 새벽에 별을 보러 나왔는디 마당의 공기가 얼어 있어. 우리 한초가 마당에 나오면 숨쉬기 힘들제. 얼어붙은 공기는 깨뜨려야 써. 그런디 물은 위쪽이 얼지만 공기는 아래쪽이 언단다. 마당의 얼어붙은 공기를 깨뜨리려면 허공 아닌 마당에다 도리깨질을 해야 써.

시아버지는 마당을 도리깨로 내리쳤다. 얼어붙은 공기가 깨지는 건 보이지 않았지만 시아버지의 입김이 내뿜어져 나오는 건 볼 수 있었다. 그 입김에 마당의 공기가 따뜻해질 것 같았다.

시아버지는 골목을 쓸러 나가서는 빗자루를 허공에다 휘둘렀다. 그건 얼어붙은 공기를 깨뜨리려는 게 아니었다. 골목길에 쌓인 나쁜 기운을 흩어내려고 그랬다. 어떻게 나쁜 기운이 골목에 있는지 아세요? 하고 시아버지에게 물은 적이 있었다. 내가 어젯밤에 골목을 지나면서 좋지 않은 생각을 했거든.

용산댁이 콩밭 너머의 고추밭으로 갔다. 고추는 한 달 전에 모종을 심어놓은 것이다. 고추 포기마다 대나무 지지대를 옆에다 박아서 노끈으로 묶어놓았다. 열린 고추는 서울 손자의 고추와 어금버금하다.

마을에서는 어느 집이나 뒷간에 오줌통 둘이 놓여 있다. 남자는 뒷간 문 앞에 있는 오줌통에다 오줌을 싼다. 이것을 외측이라고 부른다. 뒷간 안에 있는 오줌통은 내측이라고 부르는데 여자가 오줌 싸는 곳이다. 외측 오줌은 고추밭과 가지밭에, 내측 오줌은 깨밭과 콩밭에 뿌린다. 남자 오줌은 굵고 긴 곳에서 나온 거라서 고추와 가지를 굵고 길게 키운다. 여자 오줌은 방울방울 나오는 거라서 깨알이며 콩알을 방울방울 많이 맺게 만든다.

고추밭 너머는 총각무밭이다. 무는 뿌리가 제법 굵어져서 곧 총각의 물건처럼 되려고 한다. 총각무밭 한쪽에는 무 씨앗이 익어가고 있다. 초여름이 되면 씨앗이 다 익을 터이다. 봄의 무는 매화와 살구꽃이 피고 난 후에야 느긋하게 장다리꽃을 피운다. 가을의 무는 상당히 서둔다. 찬이슬이 내리기 전부터 뿌리를 키운다. 무를 기르다가 시아버지 말을 떠올렸다. '맹자가 그랬제. 군자는 천하의 기쁨은 늦게 기뻐하고 천하의 아픔은 앞서 아파한다. 역성혁명을 말한 맹자다운 발언이여.' 시아버지는 이 말을 학도의용군으로 나간 아들에게 해준 적이 있다고 했다. 아들은 군자를 농사꾼으로 바꾸어서 다짐했다고 한다. '농사꾼은 수확의 기쁨은 늦게 기뻐하고 파종의 힘겨움은 앞서 겪어냅니다. 저는 더 열심히 공부해서 농사꾼처럼 살겠습니다.'

텃밭 저편에 단수수가 싹이 났다. 지금은 옥수수 싹과 비슷하지만 반달 후에는 달라진다. 이파리가 옥수수보다 좁고 줄기가 가늘다. 줄기는 위로 거침없이 솟구친다. 여름에 이르면 사람 키를 훌쩍 넘는 단수수가 작은 숲을 이룬다.

단수수는 아들 한초가 어릴 적에 군것질거리로 심었다.

아들이 중학생이 되자 더는 심지 않았다. 그러다가 손자가 국민학생이 되자 심었다. 아들네가 여름휴가를 맞아서 놀러 왔을 때 단수수를 내어놓았다. 손자는 거의 손대지 않았고 아들은 한참 동안 단수수 단물을 빼먹었다.

손자가 먹지 않아도 용산댁은 매년 단수수를 심었다. 여름 한낮에 단수수 몇 그루를 낫으로 벤다. 토막을 내고 껍질을 벗겨낸다. 이걸 마을 아이들에게 가져다준다. 과자와 사탕에 익숙한 아이들은 단수수를 씹어서 단물을 빼먹는 걸 좋아하지 않는다. 이런 아이들에게 그녀는 재미있는 얘기를 해준다. 아이들은 그녀의 얘길 듣다가 단수수를 씹게 되고 그 맛을 알게 된다.

아이들에게 해줄 이야기는 많다. 부모나 조부모에게서 들은 이야기가 아니다. 책에서 읽은 것이다. 그녀는 글을 배우고 나서 동화책을 읽었다. 판소리를 이야기로 만든 춘향전이며 흥부전도 읽었다. 그걸 아이에게 들려준다. 작년 여름에도 마을 앞의 느티나무 아래서 아이들에게 단수수를 내놓고 흥부전을 들려주었다. 거기에는 도시에서 시집온 새댁이 놀러 와 있었다. 아이들은 이야기를 듣는 둥 마는 둥 했는데 새댁은 진지했다. 그녀가 얘기를 마치자 새댁이 그랬다. 저는 시집온 이후로 농사에 관해 매일 한 가지씩 배우고 있어요. 오늘도 한 가지를 배웠어요. 뭘? 남도에서 박씨는 제비가 돌아올 때 심어야 한다는 것을요. 새댁은 훌륭한 농사꾼이 될 거야. 흥부전을 듣고 그런 말을 하는 걸 보면 틀림없어. 저는 훌륭한 농사꾼도 좋지만 우선 이 마을 사람이 되고 싶어요. 그렇게 되는 건 언제쯤일까요? 농사를 지으면 그렇게 돼. 저는 이미 농사를 짓고 있으니까 마을 사람이 된 거네요. 새댁, 농사는 논밭의 농사만 있는 게 아니야. 자식 농사도 있어. 새댁은 자식 농사도 지어야 해. 그래야만 우리 마을 사람이 돼.

단수수 옆에는 목화가 싹을 내밀었다. 용산댁이 아들을 낳았을 때 시어머니는 밭에다 목화를 심었다. 시어머니는 밭에서 자갈을 만나면 골라냈는데 목화밭에서는 그대로 두었다. 왜 그러느냐고 그녀는 묻지 않을 수 없었다. 시어머니가 그녀의 손을 부여잡았다. 밭에 비가 내리면 흙만이 아니라 자갈이 받아먹어. 몸이 척척해질 때까지 받아먹제. 빗물이 맛있은께 그래. 너도 한번 받아먹어 봐라. 우리 마을 샘물에는 못 미쳐도 입안에 단맛이 돈다. 자갈은 제 속의 빗물을 깊이, 오래 간직해. 원래 돌멩이 족속은, 그것이 자갈이든 바위든, 속에 든 것을 깊이 오래 간직하거든. 자갈 속의 빗물은 밭이 마를 때 조금씩 흘러나와. 자갈이 땀을 흘리는 거제. 목화 뿌리들이 그걸 받아먹고. 자갈의 땀은 원래 빗물 아니냐? 하늘에서 온 것인께 하늘빛이 녹아 있는디 거기에는 흰 구름의 빛깔도 있제. 목화는 이걸 모아 제 열매의 빛깔로 삼아. 목화의 하얀빛은 흰 구름에서 비롯한 것이여.

시어머니는 삼 년 동안 목화를 모아서 이불 한 채를 만들었다. 이불은 한 해의 목화로 만드는 것이 아니여. 삼 년을 모아야 써. 이불에 천 일이 깃들어야 하는 것이거든. 그렇게 만든 이불을 시어머니는 그녀에게 전해주었다. 겨울에 너희 모자가 덮어라. 용산댁은 그 이불을 겨울에 아들과 덮었다. 세월이 흘러서 시어머니는 저세상으로 갔다. 찬바람 부는 산기슭에다 시어머니를 묻고 돌아온 밤에 용산댁은 그 이불을 껴안았다. 그걸 산으로 가져가서 봉분을 덮어주고 싶었다.

용산댁은 북으로 넘어간 아들의 생사가 불투명하다는 말을 며느리한테 들었다. 새벽에 장독대에다 정화수를 놓고 천지신명에게 아들이 무사히 돌아오게 해달라고 빌었다. 낮에는 목화 씨를 구하려고 마을을 돌았다. 그녀처럼 마을 사람들도 목화씨를 남겨 놓지 않았다. 그녀는 이웃 마을로 갔다. 목화씨가 있는지 수소문을 하고 다녔다. 어떤 할머니가 씨를 가지고 있다고 했다. 목화로는 미영(무명)을 만들제. 미영은 명(命)하고 같은 말이여. 그란께 미영을 만드는 목화씨를 받아서 집에다 두면 명이 길어져. 내가 씨를 나눠줄게. 할머니는 씨 셋을 나눠주면서 이걸 집에다 두면 장수할 거라고 했다. 씨에 붙은 목화를 뜯어내서는 안 돼. 까만 씨와 하얀 목화가 함께 있어야 써. 그래야 장수해. 알았제? 용산댁은 씨를 방 안에다 두지 않고 텃밭으로 가져갔다. 바짝 마른 씨여도 너는 꼭 싹을 틔울 거다, 나는 믿는다, 하고 말하고서 씨를 심었다.

씨를 심을 때는 말을 한다. 물론 씨한테 건네는 것이다. 이런 말을 시작한 건 시아버지의 얘기를 듣고 난 후부터였다. 텃밭에다 씨를 심을 때 시아버지가 그랬다. 예전에는 모를 심고 난 후에 농악놀이를 했제. 그게 들판의 벼에게 하는 말이거든. 풍년을 만들자는 말. 당연히 호미씻이 때는 대보름 때보다 더 크게 풍물을 쳤어. 소리가 커야 벼가 잘 들을 거 아녀?

용산댁은 목화씨를 텃밭에다 심고 나서 풍물을 울리길 원했으나 꽹과리든 북이든 다룰 줄 몰랐다. 그녀는 노래를 불렀다. 아들이 부르는 군가들 가운데서 하나인 '전선을 간다'였다. 1절을 부르고 나서 내친김에 2절까지 불렀다. '푸른 숲 맑은 물 숨 쉬는 산하, 봄이 온 전선을 우리는 간다. 젊은 피 스며든 그때 그 자리, 이끼 낀 바위는…….'

목화씨 셋에서 싹이 둘 올라왔다. 싹은 잘 자라고 있다. 용산댁은 목화 두 포기에서 씨를 받아 내년에도 뿌릴 참이다. 나중에는 목화를 많이 심어서 솜을 만들 것이다. 하늘의 하얀빛이 스민 솜으로 이불을 만들어서 아들에게 주려고 했다. 아들이 결혼할 때 솜이불을 만들어서 주지 않았으니까 훗날에라도 주어야 한다. 가족이 그 솜이불을 덮고 겨울을 나도록.

텃밭 가운데 조밭이 있다. 조는 쌀과 섞어서 밥을 짓지만 솜병아리의 먹이로도 쓰인다. 쌀겨만 솜병아리한테 주다 보면 서운하다. 온새미로 된 곡식을 먹이고 싶다. 보리쌀이나 밀은 솜병아리가 먹기에 크다. 참깨와 어금버금한 조가 딱 좋다.

한국전쟁 때 그녀의 초가로 찾아든 그 청년은 고향에 조밭이 있다고 했다. 조가 익어서 누런 이삭이 출렁거리는 풍경이야말로 자신의 고향에서 가장 아름다운 풍경이라고 자랑했다. 거기에서 난 조를 겨울에는 사람이 먹고 봄에는 병아리가 먹는다며 웃었다.

용산댁이 조밭에 서서 청년의 얼굴을 떠올렸다. 그의

얼굴에 이어서 조밭이 출렁거리고 솜병아리 떼가 다가왔다. 들판에서 일출을 보는 것처럼 눈앞이 환해졌다. 살면서 이렇게 눈앞이 환해지는 정경은 자주 만날 수 있는 게 아니다.

조밭 옆에는 마늘밭이다. 마늘종이 난 마늘은 곧 수확을 앞두고 있다. 마늘은 겨우 내내 바닥에 붙어 있는 듯하지만 그래도 사라지지 않는다. 봄이 오길 기다린다. 단군신화에서 곰이 마늘을 먹으며 동굴에서 지내는 건 봄을 기다린다는 그런 뜻이 아닌가 싶다. 봄이 오면 마늘은 모습을 바꾼다. 윤기 있는 새잎을 내뻗으면서 대를 쑥쑥 올린다. 마늘종까지 내밀어서 키를 키운 마늘을 보면 겨울에 바닥에 붙어 있던 그 마늘이었나 하고 의심할 정도이다. 환웅도, 두 발로 서서 키를 키운 웅녀를 보면 저게 겨울에 네 발로 바닥에 붙어 있던 그 곰이었나 하고 의심했으리라.

마늘처럼 가을에 싹을 내밀어서 겨울을 보내고 봄을 맞이하는 것으로 유채가 있다. 유채 역시나 힘겹게 겨울을 보낸다. 봄이 되면 이파리를 나물로 내준다. 꽃대를 올려서 꽃을 피운다. 배추 장다리꽃과 함께 샛노란 색으로 텃밭을 꾸민다. 가을에는 메밀이, 봄에는 유채가 텃밭을 꽃밭으로 만든다.

아들은 신혼여행을 제주도로 갔다. 유채밭에서 찍은 사진을 보여주었다. 신혼부부답게 표정이 유채꽃처럼 밝았다. 이어서 돌하르방 코를 만지는 사진을 보여주었다. 돌하르방 코를 만지면 아들을 낳는대요. 그 말을 듣자마자 우리 부부는 이런 사진을 찍었어요. 용산댁이 사진 두 장을 오래 들여다보고 있었더니 아들이 맘에 드시는 걸 가져가시라고 했다. 용산댁이 유채밭에서 찍은 사진을 원했다. 아들이 그랬다. 저는 이 사진들을 보여드리기 전에 궁금했어요. 어머니께서 어느 걸 원하실지. 제가 결혼하기 전이라면 유채꽃 사진을 선택하시겠지만 결혼했으니 돌하르방 사진을 그럴 거라고 예상했어요. 손자를 원하실 테니까요. 저와는 달리 아내는 유채꽃 사진을 원하실 거라고 예상했어요. 왜냐고 물었더니 웃기만 하더군요. 그런데 어머니를 잘 알지 못하는 아내는 맞고 저는 틀렸네요. 왜 이런 결과가 나왔는지 모르겠어요. 용산댁은 웃기만 했다. 아들은 나중에 알았을까? 돌하르방 코를 만지는 그 사진은 자식을 낳을 당사자들이 가지고 있어야 하기에 제 어머니가 그것 대신 유채꽃 사진을 원했다는 것을.

텃밭 저 구석에 토란이 심겨 있다. 토란은 심을 맘이 없었는데 며칠 전에 아들과 국민학교 동창인 농사꾼의 말을 듣고 난 후에 마음을 바꿨다. 그 농사꾼은 옆 마을에 사는데 한초의 실종 소식을 듣고 위로해주려고 왔다. 이런저런 얘길 하다가 토란을 얘기했다.

우리 집의 텃밭 구석에 습한 데가 있어요. 뭘 심어도 잘 안 돼요. 재작년 봄에는 아예 빈자리로 남겨두었지요. 초여름이 됐고 텃밭에 채소들이 커나가니까 빈자리가 자꾸 눈에 띄어요. 모종을 사려고 장으로 갔지요. 모종을 찾는데 저쪽에 토란이 보이더라고요. 빈터가 습하니까 토란을 심자, 하고 거기로 다가갔지요. 토란은 빼빼 마른 거였어요. 원래는 어른 엄지만 했을 크기인데 말라서 아이 새끼손가락만 하더라고요. 살까 말까 망설였어요. 토란을 팔러 나온 할머니가 그러더군요. 토란 심어야 할 데에다는 토란을 심어야지. 그 말에 나는 토란을 샀어요. 돈을 주고 나서 살펴보았더니 이건 아니다, 하는 말이 절로 나와요. 이미 난 싹이 빼빼 말라 있었거든요. 물러달라고 하려다가 할머니와 말싸움하고 싶지 않아서 집으로 가지고 갔어요. 빈자리에다 토란을 심었지요. 예상한 대로 싹이 안 나요. 장마가 졌어요. 그 후에 보니까 싹이 나왔어요. 가늘디가는 싹이었지요. 그게 여름을 지내면서 커지더니 가을에 제법 토란 모양이 됐어요. 줄기가 가늘어서 나물로 먹을 정도는 아니었지만. 토란은 계속 놓아두었다가 서리가 내린 후에야 캤어요. 기대한 것보다 훨씬 더 크고 많은 알토란을 얻었지요. 장에 갔다가 토란을 팔았던 할머니를 만났어요. 당신은 믿을 만한 사람이군요, 하고 할머니한테 말했지요. 할머니가 그러더군요. 당신이 믿은 건 내가 아니야. 나는 고개를 끄덕였지요. 아, 그렇군요. 토란이군요. 할머니가 고개를 저었어요. 할머니의 흙빛 손을 보고 있다가 나는 소리쳤어요. 흙이에요. 흙. 나는 흙을 믿어요. 그게 토란을 살려냈어요. 할머니가 웃더군요.

용산댁이 토란밭 가운데 섰다. 며칠 전에 토란을 심으면서 흙을 파헤친 곳이라서 아직은 흙이 푹신한 느낌이 든다. 그녀는 흙을 쥐었다. 흙은 습기를 머금고 있다.

텃밭에서 나와 마을 앞으로 갔다. 수백 년 된 느티나무가 서 있다. 느티나무 아래서 여러 사람과 헤어졌고 여러 사람을 받아들였다. 한길을 쳐다보았다. 한초가 돌아올 길이었다.

용산댁이 마을 뒤편의 밭으로 갔다. 옆 밭에는 새댁이 있었다. 새댁은 깻잎 반찬을 좋아해서 비닐하우스에서 모종을 키운 들깨를 한 달 전에 심었다. 지금은 깻잎을 따서 먹을 정도가 됐다.

새댁의 표정이 밝지 않아서 용산댁은 무슨 일이 있느냐고 물었다.

"산골 다랑이에다 보리를 심었어요. 다 익었는데 노루가 와서 먹었어요."

"다 먹진 않았지?"

"조금 먹었어요. 그렇지만 곧 수확할 건데 노루가 그런 걸 보니까……."

"그 다랑이에서 난 보리쌀로 밥을 하면 밥맛이 좋아."

그게 무슨 말이냐는 투로 새댁이 용산댁을 보았다.

"이 나라의 산에는 산신령이 있어. 수염과 머리가 하얗고 긴 할아버지야. 알지?"

"알죠. 어릴 적부터 산신령 얘기는 들었어요."

"산신령은 혼자 사니까 심심하지. 데리고 다니는 동물이 있어. 호랑이하고 노루하고. 호랑이는 먼 길 갈 때 타고 다녀. 노루는 약초 캐러 갈 때 데리고 다니고. 호랑이는 고기 씹는 주둥이라서 약초 냄새를 못 맡거든. 노루는 등성이 너머에 있는 더덕, 삽주, 산마늘, 도라지 냄새를 다 맡지. 물론 산삼 냄새도 맡고. 그런 노루가 풀 뜯으러 왔다가 다랑이에 이르렀어. 올해 보리는 잘 익었을까, 하고 맛을 봐. 맛있으면 몇 입 더 먹어. 노루가 보리 이삭을 먹어

댄 두둑에서 난 보리쌀로 밥을 해 봐. 맛이 좋아. 가마솥에서 밥 풀 때 고봉밥으로 담아야 해. 안 그러면 식구들이 나중에 더 달라고 난리를 쳐."

"그러면 마을 뒤편의 이런 밭에는 뭐가 다녀가야 채소가 맛있어요?"

"사람."

새댁이 콧방귀를 뀌었다.

"사람은 밭에 오면 도둑질해요. 들깨밭에서도 깻잎을 따 갔고."

"새댁, 내가 알려줄 게 있어."

"뭔데요?"

"어떤 사람이 새댁의 들깨밭을 지나가게 돼. 이파리가 맛있게 보여. 몇 장 따 가서 먹어 봐. 맛있어. 그러면 다음에 또 따 가. 이게 뭐냐? 마을의 밭들 가운데서 새댁 밭의 깻잎이 가장 맛있다는 것이거든. 깻잎을 따 가는 건 결국 밭을 잘 가꾼 새댁을 칭찬하는 거야."

새댁이 미소를 지을 때 용산댁이 정색하고 말했다.

"나도 새댁을 칭찬했지."

"설마? 농담이죠?"

"두 번."

"말씀을 하시지. 제가 깻잎을 따다 드렸을 텐데."

"새댁도 내 텃밭에서 가져가고 싶은 게 있으면 언제든 가져가."

"그럴게요."

*

귀환할 수 있을까? 이런 의문이 들자 정한초는 눈을 감았다. 자기 최면을 위해서 중얼거렸다. '정한초, 너는 오늘 이 좁은 동굴에서 넓은 세상으로 간다. 간다, 기어이 간다.'

귀환이 어려울 거란 판단은 좀체 사라지지 않았다. 햇빛 좋은 초원에서 내달리는 모습을 떠올렸다. 청춘 영화의 한 대목 같아서 맘에 들지 않았다. 말을 타고 내달렸다. 맘에 들기는 하지만 뭔가 부족하다. 팔에다 매를 올려놓고 말을 모는 매사냥꾼이 돼 보았다. 맘에 들었다.

그는 '초소'에서 한낮의 햇볕이 내리쬐는 밖을 내다보았다. 산자락과 맞붙은 논둑에는 마을 사람 일곱 명이 있다. 망원경으로 그들 얼굴을 하나, 하나 살펴보았다. 여섯 명은 중년의 남녀이고 나머지 한 명은 낯익은 얼굴이다. 들판 동쪽 마을의 맨 뒷집에서 혼자 텃밭을 가꾸는 바로 그 할아버지이다.

할아버지는 논둑에 서서 여기저기를 가리켰다. 논둑을 보수하는 일에 경험이 많아서 어떻게 해야 일이 잘 마무리되는지 알려주고 있는 듯했다. 고향 마을에서도 다랑이 논둑이 무너져 마을 사람들이 울력할 때는 연장자가 이것저것 지시했다.

마을 사람들이 논둑에서 나와 산 밑자락에 둘러앉았다. 거기 놓아둔 바구니에서 여자들이 그릇을 꺼냈다. 남자들은 여자가 건네는 그릇을 받아들었다. 할아버지는 손에 상추를 들고 나눠주었다. 마을 사람들이 상추쌈을 하면서 얘기 나누었다. 때로는 웃고 때로는 얼굴을 찌푸렸다.

남도의 고향 사람들도 상추쌈을 했다. 상추에는 밥과 된장이 들어갔다. 마을에서 된장이 가장 맛있다고 알려진 집은 옆집이었다. 남편이라고 하나 있는 화상이 밑거름을 제대로 해주지 않아서 그 집의 열무김치는 맛이 없다는데 웬일인지 된장은 맛있었다. 어머니는 된장 담글 때는 옆집 아주머니를 불렀다. 메주를 방에서 띄우고 그걸 독에다 넣어 장을 우려내고 그 후에 메주를 건져서 된장을 만드는 과정에서 옆집 아주머니는 상관이었다. 어머니는 그 상관의 지시를 충실하게 수행하는 사병이었는데도 우리 집의 된장 맛은 옆집에 뒤처졌다. 어머니는 이해할 수 없다는 표정을 지었다. 그걸 보고 옆집 아주머니가 그렇게 말했다.

"된장 맛은 메주 맛이여. 그 메주가 우리 집 것은 진짜거든."

"우리 집 메주는 진짜가 아니라는 건가?"

"그라제."

"나도 좋은 종콩을 삶았어. 그걸로 메주 만들어서 방 안에서 띄우고. 뭐 하나 그쪽하고 다른 게 없어. 그런데도 왜 우리 메주가 진짜가 아니야?"

"메주를 만든 용산댁이 메주가 아닌께. 나는 메주고."

"뭔 소리야?"

"남편이라고 하나 있는 그 화상이 날 보지도 않아. 왜냐? 내 낯짝이 메주인께."

"그 얼굴이 뭐 어때서?"

"나는 메주여. 그리고 나 같은 메주가 종콩을 삶아서 만든 것이라야 진짜 메주여. 그걸로 담근 된장은 당연히 맛이 좋고."

어머니는 피식 웃었으나 옆집 아주머니는 정색했다.

"사실이여."

"실없는 소리 그만해."

"그러면 실속 있는 소리를 해 봐?"

어머니는 대꾸하지 않았으나 옆집 아주머니는 다시 물었다.

"된장이 지금보다 더 맛있으려면 어때야 하는지 알아?"

"더 맛있게 만드는 방법이 있어?"

"동네 사랑방에서 메주를 띄우면 돼. 우리 집의 방 안이 좁아서 메주 띄울 데가 없다면서 그걸 사랑방에다 가져다 놓아."

"그러면 잘 띄워져?"

"사랑방에는 배고픈 남자가 있기 마련이여. 먹성 좋은 총각은 저녁에 고봉밥을 먹었어도 한밤에는 속이 출출해지지. 홀아비는 먹는 게 부실한께 낮이나 밤이나 속이 비어 있고. 이런 남자들은 사랑방에 아무도 없을 때 메주를 내려서 파먹어. 메주에 구멍이 나제. 나중에 또 그 구멍으로 손가락을 넣어서 메주 속을 파먹어. 누군가 오는 기척이 있으면 얼른 메주를 벽에다 걸어둬. 물론 구멍이 보이지 않게 하고. 이렇게 속이 빈 메주여서 안쪽까지 잘 띄워져 있어. 이게 다른 메주와 합쳐져서 된장을 만들면 맛이 확 살아나제."

아주머니가 한쪽 눈을 찡긋하고 나서 말을 이었다.

"사랑방의 남자들한테 구멍이 뚫린 메주가 또 있어."

"뭔 소리야?"

아주머니가 자기 가슴을 툭툭 쳤다.

"바로 여기에."

어머니가 정색하고 물었다.

"농담이지?"

"진담이야."

"에이, 농담이면서."

아주머니가 정한초를 가리켰다.

"얘는 진담으로 여기는 표정인데."

어머니는 그때서야 아들이 거기에 있다는 걸 깨닫고는 소리를 질렀다.

"왜 여기 있어? 당장 놀러 가."

마을 사람들이 사랑방에 모여 상추쌈을 할 때면 옆집 아주머니의 된장을 얻어 갔다. 정한초는 그 된장이 맛있어서 그런다고 여겼다. 아주머니의 말을 들은 후에는 사랑방에서 띄운 메주로 만든 된장이어서 사랑방으로 가져가는 거라고 생각을 바꾸었다.

'초소' 아래, 산자락과 맞붙은 논둑에서 마을 사람들이 점심을 마쳤다. 여자들이 바구니를 챙겨서 마을 쪽으로 떠나갔다. 남자들은 다른 논둑으로 옮겨갔다. 할아버지만이 산 밑의 논둑에 서 있었다. 한참 동안 무논을 보고 있다가 논둑 고친 데로 갔다. 왼발을 내밀어 덧쌓아 둔 논흙을 밟았다. 튼튼하게 흙다짐이 됐는지 알아보는 모양이었다. 무논에서 되쏘아지는 햇빛이 그를 감쌌다. 온몸이 빛 속에 잠긴 듯한 모습이었다. 앞으로 할아버지를 볼 수 없으리라. 그는 오늘밤 이곳 '초소'를 벗어나 예성강 하구로 출발할 참이었다.

할아버지가 마을 쪽으로 천천히 걸어갔다. 정한초는 망원경을 내리고 '초소' 바닥에 누웠다. 등에 전해오는 옷의 감촉이 낯설었다. 오전에 군복을 벗고 허수아비에서 벗겨 온, 농사꾼이 입었다가 내버렸을 허름한 작업복으로 갈아입었다. 군화 역시 작업화로 바꿔 신었다. 벗은 군복과 군화를 배낭에다 담았다. 군모와 신분증도 담아서 배낭을 동굴 밖에다 묻었다. 망원경도 묻으려고 했는데 그러지 않았다.

그는 부하들에게 매의 눈을 가지고 경계에 임하라고 말하면서 매의 눈을 완성하는 게 망원경이라고 강조했다. 망원경은 멀리 있는 걸 당긴다. 당겨서 키운다. 비로소 멀리 있는 것도 정확히 볼 수 있다. 망원경이야말로 매의 눈을 완성하는 장비이다. 이런 망원경은 '장군의 귀환'에 있어서도 꼭 필요한 장비이다. 앞을 미리 살펴보지 않고는 전진할 수 없다.

권총은 배낭에다 넣어서 묻었다. 권총은 귀환의 도구가 아니라 싸움의 도구이다. 인민군 몇 명을 죽이고 나도 죽는다는, 돌격대의 길을 선택했을 때는 지니고 있어야 할 도구이다. 하지만 이미 귀환을 결정했으므로 적을 우회해야 한다. 권총이 있으면 우회 대신 정면 돌파를 택할 수 있다. 그건 위험한 일이다. 그런 상황이 야기되는 걸 원천 봉쇄하기 위해서는 권총을 묻어야 한다.

해가 뉘엿해지자 정한초가 들판을 살폈다. 오늘 밤에 타고 가야 할 냇물을 확인하고 산 밑에서 그곳으로 뻗은 논둑길도 확인했다. 들판에서는 사람들이 긴 그림자를 끌고 마을로 돌아가고 있었다. 그는 망원경을 마을로 돌려서 할아버지의 집을 찾았다. 텃밭 가운데 할아버지가 이쪽을 쳐다보며 서 있다. 뉘엿한 햇살을 받고 있어서 할아버지의 모습은 상당히 뚜렷했다.

할아버지가 이쪽을 계속 쳐다보았다. 그도 계속 망원경으로 할아버지를 보았다. 서로가 위치를 알고서 보고 있는 것 같은 느낌이 몰려들었다. 그는 그렇지 않다고 애써 부인했다. 할아버지는 한낮에 산 밑의 논둑으로 왔어. 평소에는 집 밖으로 나가지 않았는데도 오늘은 들판으로 나왔다고. 할아버지는 지금 내가 아닌 한낮에 서 있었던 논둑으로 눈길을 주고 있는 거지.

내가 귀환하게 된다면 기무사령부에서 조사를 받으리라. 북한에서 했던 일을 털어놓을 때 할아버지를 매일 망원경으로 보았다고 하면 조사관들이 믿어줄까? 왜 그랬느냐고 합당한 이유를 대라고 하면 할 말이 없다. 아무래도 할아버지는 그들에게 알리지 않은 게 낫다.

홍진기가 정보부서의 업무를 얘기하다가 그런 말을 했다.

"납북됐던 어부나 정부 허가 없이 방북했던 재야인사들이 우리 부서와 안기부의 합동 조사에서 뭔가를 숨기는 경우가 있지. 그들은 절대 그런 티를 내지 않지만 나는 조사관을 오래 하면서 그렇다는 걸 알고 있어. 그들이 숨기는 건 많지 않아. 만났던 사람 한 명이거나 들렀던 어떤 장소이거나 하는 정도야. 숨긴 걸 밝히지 않은 채 나는 조사를 마쳐. 그래 놓고는 나중에 슬쩍 물어봐. 숨겨둔 게 뭐야? 어부들은 당황하지만 재야인사들은 대개 웃지."

"왜 숨겨?"

"그들은 사람이니까."

"쉽게 설명해 봐."

"그들은 조사받을 때 북에서 밥 먹고 화장실 간 것까지 까발려야 해. 그렇게 자신이 까발려지는 걸 참다 못해서 대항할 방법을 찾지. 드러나게 저항할 수는 없어. 그러다가는 어떤 불이익을 당할지도 모르니까. 나름대로 찾아낸 게 바로 이거야. 어떤 것 하나는 끝까지 숨기자. 그걸 숨기다 보면 자신의 존재가 느껴지거든."

그는 홍진기의 말을 알아듣기 힘들었다. 그렇다고 말하지 않았는데 홍진기는 정보부대에서 일하는 장교답게 바로 그의 표정을 읽어냈다.

"내 말을 알아듣기 힘든가? 다시 말해주지. 조사받으면서 모든 걸 발랑 까놓으면 자신의 존재가 없어지는 기분이 들어. 하나라도 숨기고 있으면 그걸로 존재 증명이 돼."

"재야인사가 정말 숨길까?"

"그렇다니까."

"재야인사한테 확인한 건 아니잖아?"

"물론 그렇긴 한데 짐작은 가."

"군인이 짐작을 말해서는 안 되지."

"보병부대는 확인해야 움직이지. 정보부대는 달라. 짐

작으로도 움직여."

당시 정한초는 보병부대에 근무하길 잘했다고 여겼다. 여기에 은신하는 동안 이런저런 짐작을 많이 했다. 돌격 앞으로, 하고 외치는 대신 저 앞쪽이 안전한지 아닌지 짐작해 보았다. 귀환하면 정보부대에 근무해도 괜찮을 거란 생각이 들었다.

동굴로 어스름이 밀려들었다. '경계 창'에서 내다보이는 풍경은 점점 흐려졌다. 망원경에 잡힌 할아버지가 조금씩 어스름 속에 묻혀 갔다.

산기슭에 마파람이 살랑거리더니 남쪽에서 밀려온 구름이 하늘을 덮어나갔다. 마을에서 새어 나오는 불빛 이외에는 아무것도 보이지 않았다. 달빛이 없는 이런 밤이 '장군의 귀환'을 위해서는 딱 좋았다.

정한초는 동굴을 나가 천천히 산 아래로 걸어갔다. 낮에는 산에 은신하고 밤에는 냇물을 타고 서쪽으로 갈 참이었다. 그는 탈출로를 되새겼다. 냇물은 예성강에 합쳐진다. 예성강은 서해에 닿는다. 그곳 하구에서는 강화도가 보인다.

산 밑에 다다르자 개구리들이 울음을 그쳤다. 개구리가 조용할 때 인근에서 무슨 소리가 나는지 들어보려고 무논

가에서 걸음을 멈추었다. 사람 소리는 들리지 않았다. 한참 후에 개구리 한 마리가 서너 번 울었다. 몇 초가 지나지 않아서 다른 개구리 소리가 들렸다. 두 마리가 주고받는 소리가 이어졌다. 그러자 몇 군데서 개구리들이 호응했다. 너희도 비상식량이 되겠구나, 하고 생각하고 있을 때 개구리들이 사방에서 울어댔다. 온몸이 개구리 소리에 친친 감긴 기분이 들었다. 어릴 적 고향 마을 들판에 서서 들었던 개구리 소리와 다르지 않았다. 새들은 사는 지역에 따라 노랫소리가 달라서 사람으로 말하자면 사투리라는 게 있다는데 개구리들은 그렇지 않은 모양이었다.

그는 논둑으로 들어섰다. 오른발에 물렁물렁한 흙이 밟혔다. 마을 사람들이 논둑을 고치면서 논흙을 덧쌓아 놓은 데에 이르렀다는 걸 알았다. 여길 밟고 지나면 발자국이 여럿 남는다. 그걸 피하자면 무논으로 들어가서 논둑을 밟지 않고 지나가야 한다.

작업화를 벗어들고 논으로 들어갔다. 논둑에다 손을 내밀었다. 거기에 찍힌 자신의 발자국을 지워버리기 위해서였다. 어둠 속이라서 대충 자신의 발자국이 있는 곳을 짐작해 손을 내밀었는데 거기에 맨발 발자국이 있었다. 그는 작업화 발자국을 남겼으니까 그것은 남의 발자국이었다. 그 발자국은 엄지발가락이 컸다. 나머지 발가락들 길이는 엄지발가락과 거의 같았다. 그는 맨발 발자국을 천천히 더듬어 나갔다. 더듬으면 더듬을수록 자신의 발자국과 같았다.

신발 치수가 같은 사람끼리는 발이 같다고 여기기 쉽지만 실은 그렇지 않다. 정밀하게 측정하면 키가 똑같지 않듯이 발도 그렇다. 발 길이가 비슷하다고 해도 볼이나 발가락 모양마저 그런 사람은 없다. 소대장 시절 사병들이 발에 동상 걸렸는지 아닌지 조사하다가 알았다.

발을 내밀게 해서 동상 여부를 판단하고 다니는 게 재미있는 일은 아니었다. 정한초는 냄새 맡는 게 싫었고 사병들도 냄새피우는 걸 달가워하지 않았다. 발 검사할 때 내무반 분위기가 굳어졌다. 한번은 모든 사람의 발이 크기와 모양에서 다르다는 걸 일러주고 나서 왜 그러는지 말해 보라고 한 적이 있었다. 딱딱한 분위기를 풀어 보려고 한 말이었으나 아무도 말하지 않았다. 가볍게 한 말을 무겁게 여긴 사병들이 딱해서 상품을 내걸었다. 내무반 전우의 박수를 가장 많이 받은 답을 한 사병에게는 휴가를 주겠다. 답은 내일 점호 시간에 듣겠다.

이튿날 점호 시간에 소대원들이 답을 하고 나섰다.

"사람은 몸무게가 각각 다릅니다. 그걸 지탱하는 발이

같을 수 없지요. 상판이 다르면 교각이 달라지는 것과 같은 이치지요. 간단한 물리 지식으로도 우리는 답을 얻을 수 있습니다."

"길이 다릅니다. 걷는 시간도 거리도 다릅니다. 길에서 만들어진 발이 다를 수밖에 없지요."

한 사병은 침묵을 지켰다. 정한초는 그에게 한마디 하라고 명령했다.

"제가 국민학생이던 때 아버지께서는 이따금 물으셨지요. 야, 발 씻었냐? 저는 그때마다 예 혹은 아니요, 하고 대답했습니다. 고등학생이 되자 아버진 그런 질문을 하지 않으셨어요. 저는 궁금해서 여쭈어보았지요. 아버지, 왜 발 씻었느냐고 묻지 않으세요? 아버진 그러셨어요. 네 발이 이제는 내 발과 똑같이 됐다. 네 발이 곧 내 발이다. 이런데도 씻었느냐고 물어볼 게 뭐 있어? 그런 말씀을 하신 몇 년 후, 아버지는 이승의 물에 마지막으로 발을 씻고 저승으로 가셨습니다. 아버님 기일이면 저는 제사 모시기 전에 발을 꼼꼼히 씻습니다. 냄새를 없애기 위해서는 아닙니다. 아버지께서 당신의 것과 똑같이 생겼다고 하신 그 발을 만져보기 위해서이지요."

포상 휴가는 발을 가지고 우스갯소리를 한 사병에게 주

었지만 정한초는 제사 때 발을 씻는다는 그 사병의 말을 잊을 수 없었다. 아버지 없이 자란 탓이었으리라.

정한초가 다시금 발자국을 만져 보았다. 엄지발가락 자국에 손길이 닿을 때 내 것이다, 내 것, 하는 말이 절로 튀어나왔다. 이곳에 서 있었던 할아버지를 떠올렸다. 흙다짐이 튼튼하게 됐는지 알아보려고 논흙 덧쌓은 데를 발로 지그시 밟고 있던 할아버지.

정한초는 논둑의 발자국에다가 자신의 왼발을 들이밀었다. 딱 들어맞았다. 왼발을 그대로 둔 채 마을로 고개를 돌렸다. 불빛 몇이 들판 저 끝에서 빛나고 있었다. 마을 뒤쪽의 불빛에다 눈길을 주었다.

오른발을 들어 왼발 옆에다 놓았다. 왼발을 내밀고 엉거주춤하니 서 있던 정한초는 이제야 편안한 자세로 돌아왔다.

두 발이 흙에다 깊은 발자국을 만들어 갔다. 발가락은 뿌리처럼 흙으로 파고들었다. 정한초는 텃밭의 씨받이 상추처럼 키를 꼿꼿하게 세웠다.

초원

＊

　초원에 바람이 불었다.

　채순애가 수태차를 들고 창가에 섰다. 이곳은 게르가 아
닌 벽돌집이어서 창이 넓었다. 관광용 게르에서처럼 이 벽
돌집에서도 여기가 몽골이다, 하는 느낌은 강하지 않았다.

　초원에서 다시 바람 소리가 났다. 집 뒤편에서 들리는
말의 울음은 가늘고 군데군데 끊겨 있는데 바람 소리는 두
텁고 쭉 이어진다. 귀에 익숙하지는 않지만 크게 거슬리지
도 않는다. 때로 시원한 맛이 있다. 막힌 데 없는 드넓은
초원을 달려온 바람이 내는 소리답다. 밖으로 나가서 아,

하고 소리를 질러 보고 싶어진다.

사냥매로 보이는 매가 창가에 앉아 바람 소리가 나는 쪽으로 대가리를 돌렸다. 아까는 책상에 앉아 그녀가 수태차 데우는 걸 구경하더니 바람 소리가 나자마자 창가로 날아갔고 거기서 머물렀다. 매는 사냥을 나가고 싶은지 날개를 펼쳤다. 금방이라도 날아오를 듯했지만 그러지는 않았다. 초원 아닌 방 안에서는 날지 않는 모양이었다.

야생의 매는 겨울이 오기 전에 남쪽으로 날아가야 한다. 몽골의 검독수리가 겨울에 한반도, 특히 비무장지대 인근으로 온다는 말을 들었다. 몽골의 매도 그곳으로 오는지 어쩌는지는 잘 모르겠다.

채순애가 실내를 둘러보았다. 벽돌로 지어진 집은 열 평 남짓하고 실내는 거주 공간과 부엌으로 나뉜다. 거주 공간에는 침대와 책상이 전부이고 부엌에는 식량과 연료와 취사도구가 있다. 정한초가 여기 머문 지 세 해가 지났다고 들었다. 살림살이로는 석 달을 채 살지 않은 듯했다.

집 뒤편에는 말 우리와 양 우리가 있었다. 말은 스무 마리가 채 못 됐고 양은 백여 마리나 됐다. 가축이 이 정도면 한국에서야 많은 축에 들겠지만 몽골에서는 어쩌는지 모르겠다. 말과 양을 정한초가 어떻게 키우고 있는지도 모르겠고. 얼핏 보아 말과 양이 건강해 보였다.

그제, 채순애는 서울시의회 의원의 수행 보좌관으로 울란바토르에 왔다. 서울과 울란바토르가 자매도시여서 울란바토르에서 서울시의회 의원들을 초청했던 것이다. 2003년 10월 서울시의회 의원의 울란바토르 친선방문 일정은 일주일이었다. 그녀는 이틀의 말미를 얻어서 시의원 수행 대신 정한초를 만나는 데 쓰기로 했다. 시의원에게 몽골 아르항가이 아이막에 사는 지인을 만나고 싶다고 했다. 다수의 이익보다 소수의 권익을 강조해온 시의원은 '공적인 업무보다 사적인 사연이 더 중요하지.' 하고 농담 반 진담 반으로 말한 뒤 허락해주었다. 그녀는 어제 울란바토르에서 차를 렌트해 아르항가이의 체체를렉까지 달렸다. 그곳에서 잠깐 눈을 붙이고 오늘 새벽에 출발해 네 시간을 달려 여기까지 왔다. 사전에 연락하지 못하니까 ―감시인이 붙어 있는 건 아니지만 그는 전화나 편지가 금지된 망명객이다― 서로 어긋날 수 있으나 만날 거라고 믿었다.

그는 없었다. 먹다 남긴 수태차와 방에 있는 사냥매를 보면 멀리 떠난 건 아니었다. 이웃으로 놀러 간 듯했다. 그 이웃을 찾아 나설 수는 없다. 가까운 이웃이라고 해도 지평선 너머에 있어서 여기서는 보이지 않는다.

기다리는 수밖에 달리 방법이 없었다. 점심때에도 정한초는 나타나지 않았다. 채순애는 돌아가야 할 시간을 넘기면서 기다리고 있었다. 수태차는 이미 식었다. 매는 창가에서 졸고 그녀는 초원과 하늘을 보았다. 하늘은 넓고 초원은 더 넓다.

새천년이란 말이 넘쳐났던 3년 전에도 지금처럼 그녀는 서울시 시의원 보좌관이었다. 젊은 시절 함께 서울 구로의 야학에서 활동했던 국회의원을 만나러 갔다가 남북 화해를 위해 남북정상회담이 추진 중이라는 말을 들었다. 그 이전에 서로 신뢰를 쌓는 일을 하고 있다고 했다. 그중의 하나가 말이야, 본인이 원치 않았는데도 국경을 넘은 자를 교환하는 것이지. 가능성은 낮은데 대화는 지속하고 있어. 대화의 지속이 신뢰를 쌓는 일이니까. 그때 채순애가 정한초에 관해 말했다. 1991년 정한초 중령은 헬기 고장으로 북방한계선을 넘었어. 국방부 발표는 헬기 추락으로 인한 사망인데 나는 그의 생존을 믿어. 귀환자 명단에 그를 넣어줘. 이미 저쪽에다 제출할 귀환자 명단이 작성된 거로 아는데……. 그러면 정한초 중령을 추가하라고 압력을 행사해 봐. 압력이라고 했어? 그래, 압력. 왜 이래, 이 운동권 아줌마가 하지 않던 일까지 하고? 그 사람이 애인이야?

한때 고향에서 애인이었어. 내가 마음속의 애인이었다고 알고 있는데? 지금 농담할 기분 아냐. 진담으로 물어볼게. 나한테는 어떤 감정도 없었나? 없었어. 잠시라도? 없었다니까. 세상에, 군인은 애인이었고 운동권의 이 투사는 마음속에서 잠시라도 애인인 적이 없다? 너, 프락치 같아. 농담 그만하고 약속해. 나는 운동권 출신으로서 청탁 따위는 들어주지 않아. 프락치 같은 아줌마의 청탁은 더 말할 것도 없지.

며칠 후에 국회의원이 정한초라는 이름을 귀환자 명단에 넣었다고 알려주었다. 얼마 되지 않아서 남북정상회담이 열렸다. 남북 교류가 늘어났다. 자진해서 월북하지 않은 자의 귀환 소식은 없었다. 그런데도 정한초의 소식은 왔다. 그는 귀환을 원하지 않고 망명을 선택했다는 거였다. 망명지는 몽골이었다. 몽골 어디인지는 알 수 없었다. 정보기관에서도 그건 모른다고 했다. 채순애가 알아보려고 하자 국회의원이 만류했다. 살아 있는 걸 확인했으니 그 정도에서 만족해. 북에 머물렀던 사람에 관해 더 알려고 하다가는 다쳐. 국가보안법이 엄존하고 있으니까. 이 채순애는 그런 법률을 두려워하지 않아. 너와 달리 선거에 나서야 하는 나는 두렵다. 네가 그걸 위반하면 내가 거기에 연루돼 있다는 게 밝혀져. 선거에 나가면 상대방이 거기 연루돼 있다는 걸 들어서 날 공격할 게 분명해. 이 나라에서는 빨갱이 물에 들었다고 공격당하면 선거에서 승리하기가 아주 힘들거든. 알았어. 내가 물러설게.

채순애는 정한초를 공개적으로 찾지 않았다. 잊고 지냈으나 북한 관련 소식을 접하면 그가 떠올랐다. 그것은 말하자면 밤하늘의 달을 쳐다볼 때 어느 틈에 저 구석의 별에게로 눈길이 가는 식이다. 별은 흐릿하지만 사라지지는 않는다.

반달 전에 채순애는 울란바토르에 왔었다. 서울시의회 의원들의 방문을 앞두고 일정 조율과 방문지 사전 답사가 임무였다. 그녀는 틈을 내서 대사관을 방문했다. 대사관의 민원담당 직원은 북한 망명객에 관해서 알지 못한다고 했다. 그녀는 대사에게 면담을 신청했다. 금강산 관광이 이뤄지고 개성공단이 추진되는 이런 남북 화해 모드에서 남북의 외교관들도 예전처럼 굳은 얼굴로 만나지 않을 거예요. 햇볕이 그득한 얼굴로 만나겠지요. 그렇죠? 우리는 북쪽 외교관들과 공식적인 각국 외교관들의 모임에서 얼굴이나 스치는 정도입니다. 어쨌든 알고는 지내지요? 뭐 그렇지요. 한 망명객의 주소를 한번 물어봐 줄 수는 없을까요? 저쪽 대사관은 주소를 알고 있을 겁니다. 알든 모르든 우리가 그런 일을 할 수 없습니다. 여기 대사관에서만 평생 일할 겁니까? 서울로 돌아올 거잖아요? 서울에서는 내 도움이 필요할 때가 있겠지요. 이 운동권 출신 아줌마가 시의회에 앉아만 있는 게 아니거든요. 운동권 출신들이 많은 국회에도 가고 외교부에도 갑니다. 당신이 서울에서 어딜 가든 나와는 상관없는 일입니다. 대사가 자리에서 일어났다. 그녀는 버티고 앉아 있었다. 대사관 직원이 와서 나가시라고 했다. 그녀는 친구의 얼굴을 딱 한 번만 보고 싶어서 그런다면서 그 어떤 정치적인 의도는 없다고 했다. 대사관 직원은 나가시라는 말만 했다. 그녀는 연락처를 남기고 대사관을 떠났다. 이튿날 대사관 직원에게서 만나자는 연락이 왔다. 호텔 커피숍에서 만나기로 했다. 대사관 직원은 언제 정한초를 방문할 거냐고 물었다. 그녀는 지금은 시간이 없어서 만날 수 없고 반달 후에 또 몽골에 오는데 그때 만날 거라고 대답했다. 대사관 직원은 이런 만남이 알려지면 아주 곤란한 일이 생긴다고 했다. 채순애가 대사관 직원에게 약속했다. 방문은 딱 한 번이고 이런 방문이 있었다는 건 평생 비밀로 하겠다. 대사관 직원이 접힌 종이를 내밀었다. 주소가 적혀 있었는데 아르항가이의 사무르텐이었다. 대사관 직원은 주소를 외우고 종이를 돌려달라고 했다. 그녀가 종이를 돌려주자 대사관 직원이 말했다. 노파심에서 하는 말이지만 언제 어디서든 그가 살아 있다고 말해서는 안 됩니다. 그가 전사했다고 발표한 남측이나 그를 국외로 살려서 보내준 북이나 모두 입장이 곤란해져요. 아시죠? 양쪽 입장이 곤란해지면 정한초의 목숨이 위태롭게 된다는 것을? 압니다. 친구를 죽이는 짓은 하지 않겠습니다.

채순애가 수태차를 비우고 책상으로 가서 앉았다. 책은 없고 백지 묶음과 볼펜이 있었다. 백지 묶음의 첫 장을 넘기자 '사냥매 훈련'이라는 제목이 나왔다. 그다음 장부터 글이 시작했다. 정한초가 볼펜으로 꼼꼼하게 써놓은 거였다.

매사냥꾼에게는 자신의 매가 있어야 한다. 사냥매, 사냥에서 내 의도대로 움직여줄 매 말이다.

사무르텐에는 갈색을 지닌, 몽골인들이 아끼는 매가 있다. 영어로는 Saker Falcon인데 헨다손 매라고도 부른다. 몸집은 참매보다 조금 더 크다. 몸길이는 50cm 안팎이다. 날개를 펼친 길이는 1m가 넘는데 긴 것은 1.3m에 이른다. 등에는 갈색 줄무늬가 세로로 박혀 있고 날개깃은 어두운 갈색이다. 그래서 이 세이커 매를 멀리서 보면 갈색으로 보이지만 가까이서 보면 여러 색이 드러난다. 눈 주위는 황색이고 정면의 얼굴은 흰색에 가깝다. 배에는 갈색 얼룩점이 박혀 있는데 바탕색은 회색이다.

세이커 매의 부리는 반짝이고 끝은 갈고리처럼 돼 있어서 어느 먹잇감이든 한번 찍으면 뼛속까지 파고들 듯하다. 발톱은 하늘을 떠도는 혼령마저 움켜잡을 수 있을 정도로 날카롭고 힘에 넘친다. 눈빛은 사냥 때가 아니라고 해도 번뜩인다.

세이커 매는 칭기즈칸과 쿠빌라이가 사냥매로 사용했다는 기록이 있다[몽골에서는 이런 역사적인 의미를 고려해서 이 매를 국조(國鳥)로 삼고 있다]. 나도 옛 영웅들처럼 이 매를 내 사냥매로 삼기로 했다.

세이커 매는 야생의 매이다. 이런 매를 내 사냥매로 만들기 위해서는 우선 만나야 한다. 어떻게 만날 수 있는가? 그는 저 하늘에 있다. 어떤 매든 자신만의 하늘이 있다. 자신의 나라인 그곳에서 날개를 펼친다. 저 하늘의 매를 만나려면 우선 그를 땅으로 불러내려야 한다. 미끼를 쓰는게 방법이다. 매가 떠도는 하늘 아래, 사방이 터진 데다가 살아 있는 새나 쥐를 미끼로 놓아두고 주위에 그물을 쳐 둔다. 새와 쥐의 발에 꼭 줄을 매달아 두어야 한다. 그것들이 도망칠 수 없게 하는 동시에 매가 채 가지 못하게 하려는 것이다. 미끼를 채서 올라가지 못해야만 날개가 그물에 걸리게 된다. 미끼를 놓은 지 한 시간이 지나도 매가 저 높이에서 맴을 돌고만 있으면 그는 나이가 들어 신중하게 움직인다는 뜻이다. 그런 매는 먹이에 쉬 달려들지 않고 설혹 다가왔다고 해도 먹이가 줄에 매달려 있는 걸 알게 되면 그물을 피해 달아나버린다. 늙은 매의 영역을 벗어나 다른 매의 영역으로 가야 한다. 거기에서도 미끼를 놓고 기다려야 한다. 미끼를 놓은 지 얼마 되지 않아서 다짜고짜 달려들면 그것은 한두 살 정도의 젊은 매이다. 그는 날개가 그물에 걸린 후에도 미끼를 놓지 않는다.

미끼에 걸려든 어리석은 매라고 그를 비웃을 수 없다. 그의 저돌성은 어리석음이 아니다. 먹이가 있으니까 달려든 것뿐이다. 젊은 매의 저돌성은 칭기즈칸을 따라 원정에 나선, 몽골 초원에서 자란 기마병을 떠올리게 한다. 그들은 말이 달릴 수 있는 곳이면 어디든 내달렸다. 저 앞에 있는 성과 마을을 내가 정복해야 한다고 믿으면서 그것들에 아무런 주저 없이 달려들었다. 그 저돌성이 세계에서 가장 넓은 나라를 만들었다. 그처럼 젊은 매 역시 저돌적이기에 하늘에 건설한 그의 왕국은 여느 동물의 왕국보다 넓다. 사자나 호랑이가 지배하는 영역은 매의 영역에 비하면 너무나 좁아서 비교하기조차 민망하다. 사람의 영역 역시, 도시에서 살든 시골에서 살든, 매의 영역에 비하면 볼품이 없다. 매는 바람을 타고 다니면서 들판과 마을을, 계곡과 봉우리를 다 제 날개 아래에 둔다.

붙잡힌 매를 그물에서 풀어낼 때는 부리에 찍히거나 발톱에 긁히지 않게 장갑을 끼어야 한다. 그물에 잡혀 있어서 매는 날뛰지 못하기에 부리나 발톱에 의해 상처가 난다고 해도 심하지는 않다. 그렇지만 그런 상처가 나지 않도록 경계하는 것은, 피를 흘리게 되면 내 기분이 언짢아질 수 있기 때문이다. 이곳 사람들은 친구가 되기로 맹세하면서 말의 피를 나눠 마시기에 첫 만남에서 피를 보는 게 좋은 징조라고 판단할 수도 있다. 그러나 매의 발톱에 긁히면 나 혼자만 피를 흘리는 것에 불과하다. 피를 나눠 마셔 함께 받아들이는 것과 다르다.

그물에서 매를 풀어냈으면 그의 눈을 들여다본다. 매사냥에 있어서 내게 숙달된 조교에 해당하는 야우호이는 이렇게 말한다. 만남이란 눈빛을 나누는 일이다. 하늘과 땅이 사람을 낼 적에 눈동자를 만든 것은 눈빛을 나누라는 뜻이다. 그러지 않으려면 눈을 감고 살아야 한다. 눈을 뜬다는 것은 눈빛을 나누겠다고 천지신명께 약속한 것이다.

야우호이는 매와 눈빛을 나누고 난 후에는 매를 친구로 여기라고 당부했다. 내가 매에게 이름을 지어줄 거라고 하자 야우호이가 그러지 말라고 했다. 자네가 지은 매의 이름은 자네의 것일 뿐이야. 매의 뜻과 상관없이 자네가 마음대로 지었으니까. 자네는 그 이름으로 매와 더 가까워지려는 거라고 하겠지만 실은 그것은 자네의 소유욕을 만족시키는 데 불과하지. 나는 소유하기 위해서 매에게 이름을 지어주려는 게 아니라고 대꾸했다. 친구라는 보통명사 대신 이름, 그 고유명사로 부르고 싶어서라고 덧붙였다.

나는 매와 눈빛을 나눈 후에 이름을 짓는 일에 나섰다. 어떤 이름이 좋을까 고민하는 중에 이 매에게는 자신의 하늘이 있었다는 걸 기억해냈다. 그가 지배한 하늘. 그 아래 있는 땅의 이름을 매에게 붙여주는 게 좋을 듯했다. 나의 매는 사무르텐 동쪽의 케토르 언덕에서 잡혔다. 그 언덕은 높지 않지만 호수가 내려다보이는 곳이어서 전망이 좋다. 나는 그 언덕의 이름을 따서 나의 매에게 케토르라는 이름을 붙였다. 격음으로 돼 있는 이름이어서 수컷에게 어울린다고 여겼다.

이제 잡은 매를 집으로 데려가야 한다. 출발하기 전에

눈가리개를 씌운다. 눈가리개는 매의 대가리에 씌워서 두 눈을 덮는데 안경처럼 생겼지만 안경보다 작고 눈을 가리는 것이 유리가 아닌 천으로 만들어진다.

눈가리개를 채우면 매는 날개를 접는다. 앞이 보이지 않을 때 날개를 펼치지 않는다. 제 영역에서 살 때도 그는 어두운 밤에는 바위나 나뭇가지 위에서 바람 소리를 들으며 그의 하늘이 빛으로 채워지기를 기다렸다. 매는 시야가 터지는 빛 속에서 날개를 편다. 빛이 날갯짓의 시작이다.

내가 맨 처음 잡은 매는 케토르가 아니다. 케토르 이전에 사무르텐 들판 서쪽에서 한 마리를 잡았다. 당시 나는 미끼와 그물을 준비했지만 눈가리개는 가져가지 않았다. 미끼를 놓아 매를 잡은 후 말을 몰아 집으로 향했다. 매는 묶여 있지 않으려고 몸부림쳤다. 오래지 않아 잠잠해질 줄 알았으나 시간이 지날수록 몸부림은 더욱 심해졌다. 말이 놀라서 마구 내달렸다. 말을 달래야 했으므로 매를 나뭇가지에다 묶어두었다.

근처에서 사는 야우호이의 집에 눈가리개가 있을 거라는 생각이 들었다. 내가 야우호이네로 가서 눈가리개를 빌려달라고 하자 그가 이렇게 말했다. 눈가리개는 필요 없을 테니 그냥 돌아가라. 매가 날뛰지 않으리라. 바로 받아들일 수 없는 말이었으나 그 눈빛이 진지해서 거기에 따랐다. 매는 야생이라서 얼마 동안은 날뛰지만 그래 봐야 반나절가량 지나면 잠잠해지는 모양이라고 여겼다. 가벼운 마음으로 말을 몰던 나는, 매가 보이는 곳에 이르러서 더 나가지 못했다. 야우호이의 말대로 매는 전혀 날뛰지 않았다. 발이 묶인 채 나뭇가지에서 얼마나 날뛰었는지 피투성이가 돼 죽어 있었다. 며칠 후 나를 만났을 때 야우호이가 알려주셨다. 매에게는 자신의 영역이 있다. 잡히면 돌아가려고 한다. 눈에 가리개를 해두면 영역으로 돌아가는 길이 보이지 않으니까 그게 보일 때를 기다리며 날개를 접는다. 매가 날개를 접는 것을 가리켜 나는 기다림이라고 한다.

기다림이란 말에는 쓸쓸함이 묻어 있었다. 나는 그날 밤 남녘의 하늘에 뜬 별을 보며 자문했다. 야우호이는 기다렸던 게 아닐까, 당신의 고향으로 돌아갈 날을?

야우호이는 원래 한반도 사람이었다. 일제 말에 한강 중류의 한실이란 곳에서 태어났다. 그의 아버지는 일본군에 의해 징용으로 끌려갔다. 태평양의 섬에서 군사 시설을 만들다가 오른팔을 다쳤다. 오른팔을 못 쓰게 됐고 그런 몸으로 고향으로 돌아왔다. 일제는 물러났으나 미군과 소련군이 왔다. 한반도는 남북으로 분단됐고 사람들은 외세에 빌붙어서 서로 싸웠다. 나중에는 한 마을의 친구들까지도 편을 나누어서 싸웠다. 야우호이의 아버지는 오른팔을 쓰지 못하는 몸을 이끌고 친구들을 화해시키려고 했으나 실패했다. 그는 한반도에서 살고 싶지 않았다. 아내와 열다섯 살 먹은 아들을 이끌고 한강 변을 떠났다. 북쪽으로 가서 압록강을 넘었다. 중국 땅이어서 어디로 가야 할지 알 수 없었다. 한강 변과 풍경이 비슷한 압록강 변에 머무르기로 했다. 거기에는 일제 때 고향을 떠나와서 정착한 조선인들이 살고 있었다. 그들의 도움으로 집을 마련했다. 한국전쟁이 터졌다. 전쟁은 저 남쪽의 일로 알았는데 압록강까지 전쟁터가 됐다. 중공군 개입이 예견되면서 미군의 원폭 투하 소문이 퍼졌다. 야우호이의 아버지는 만주를 원폭으로 초토화시키겠다는 소문을 듣기만 하고도 두려움에 떨었다. 일본 히로시마와 나가사키에 떨어진 원자폭탄의 무시무시함을 익히 들었던 터였다. 그는 살길을 찾아 나섰다. 달리 방법이 없었다. 원폭 투하 예정지에서 벗어나는 것. 아내와 아들을 데리고 북으로, 북으로 걸었다. 아내는 만주에서 지쳐 쓰러졌다. 토굴을 파고 머물렀으나 그의 아내는 끝내 일어나지 못했다. 그는 아내를 땅에다 묻고 나서 길을 떠났다. 몽골 동북부에 이르러서야 걸음을 멈추었다. 케룰렌강가에서 양과 말을 기르며 지냈다. 분단된 한반도는 전쟁과 휴전을 거쳐서 더 견고하게 분단됐다. 그의 아버지는 한반도로 돌아가지 않기로 맘먹었다. 양과 말이 늘어났다. 아버지를 따라다니며 야우호이는 목동으로 일했다. 케룰렌강의 바람을 맞으며 다정하게 얘기하는 여자가 생겼다. 그는 아버지 곁을 떠나 새 삶터를 찾기로 하고 아르항가이로 왔다. 아르항가이의 서북쪽에 있는 사무르텐에서 아들딸을 키우며 몽골인으로 살았다. 그의 자식들은 도시로 떠나갔다. 그는 자식들이 사무르텐 초원으로 돌아오길 기다린다고 했다. 정작 그가 기다린 건 고향으로 돌아갈 날이 아니었을까?

야생인 매를 잡아서 집으로 데려가면 그 즉시 매의 다리에다가 줄을 매단다. 50cm 정도 되는 줄은 매와 사람이 서로 이어져 있다는 뜻이다. 매의 다리에다 줄을 묶을 때는 한 다리에만 묶는다. 누구나 다 가지고 있는 흔한 노끈 따위를 쓰면 안 된다고 야우호이가 그랬다. 매와 친구가 되려는 바로 그 사람만이 가지고 있는 어떤 줄이어야 해. 자네는 그 줄을 가리켜 매의 주인을 구별하기 위한 것 즉 시치미라고 말할 수도 있겠군. 매를 소유하고 싶은 사람에게는 시치미가 필요하겠지만 매와 친구가 되려는 자에게는 그렇지 않아. 매의 다리에다 특별한 줄을 묶는 것은, 바로 친구가 된 인연을 기억하려는 데 있어. 당연히 나는 매의 다리에 묶는 줄은 특별한 것을 사용해. 체체를렉에서 사온 명주실에다 사무르텐 들판의 꽃을 따다가 물들인 줄.

매를 그네에다 올려놓는다. 매 다리의 줄과 그넷줄을 이어 놓는다. 매를 태울 작은 그네는 미리 만들어두어야 한다. 매가 앉는 발판을 손바닥 너비의 판자로 만들고 거기에다 1m 길이의 그넷줄을 단 작은 그네.

눈가리개를 한 매를 발판에 앉히고 그네를 밀어준다. 손자의 그네를 할머니가 밀어줄 때처럼 서두르지 않고. 그네가 작아서 손으로 미는 게 만만하지 않다. 이걸 쉽게 하려고 대개 발판에다 줄을 매달아서 천천히 잡아당겼다, 놓았다, 하고 반복한다. 그네에서 떨어지지 않으려고 매는 발에다 힘을 주고 있어서 그네의 흔들림은 고스란히 온몸으로 전해지게 된다. 그네의 움직임은 사람의 맥박에 맞춘다. 맥박이 세 번 뛰는 동안 잡아당겼다가 그 시간만큼 놓아준다. 그네의 흔들림은 그의 심장 박동과 다른 주기여서 그는 새 율동을 접하게 된다. 한나절을 흔든 후에 매에게 먹이를 주고 쉬게 한다. 반나절을 쉬게 한 후에 눈가리개를 채우고 그네에 태운다. 이렇게 사흘간은 이어가야 한다.

야우호이가 내게 물은 적이 있었다. 왜 매를 잡아 와서
는 사흘 정도 그네에다 태워서 흔들까? 나는 생각해둔 걸
말했다. 초원에서는 누구나 지난 사흘은 기억하지만 그 이
전은 기억하려고 들지 않습니다. 초원에서 초원으로 이어
지는 유목 생활에서 오래전에 지나친 곳을 기억해야 할 이
유가 많지 않거든요. 그래서 매에게 눈가리개를 하고 그네
를 태우는 날짜가 사흘이라고 봅니다. 같은 몽골 태생으로
서 매도 유목민처럼 사흘 전의 것은 잊어버리겠지요.

야우호이가 고개를 내저었다. 광활한 초원을 떠도는 유
목민들은 살림살이가 단출하니까 기억도 그럴 것 같지만 그
렇지 않아. 유목민은 시시콜콜한 것은 버리지만 그 이외의
것은 다 기억해. 그리고 기억해 둔 것은 오래도록 잊지 않아.
매도 마찬가지야. 사람에게 잡혔다고 해서 이전의 일을 잊는
게 아니야. 그는 잡혀 오기 전까지 제 하늘, 다시 말해 제 나
라에서 살았어. 사흘 정도 그네에서 흔들렸다고 해서 제 나
라를 잊겠어? 아냐. 거의 온전하게 기억하고 있어. 이런데
도 사흘만 그네를 타면 그가 막 잡혀 왔을 때의 분노를 쉬 드
러내지 않게 되는 건 왜일까? 가려진 눈과 새 율동은 그에게
변화야. 이게 계속되면서 변화를 받아들이지 않을 수 없다는
걸 일깨워. 사흘쯤 지나면 그는 그 변화를 받아들여.

그네 태우기를 마치고 나서 매의 다리에다 이전과는 다른 줄을 묶는다. 수십 미터에 이르는 긴 줄이다. 그는 하늘로 솟구치다가 발이 줄에 매여 있다는 걸 알게 된다. 긴 줄은, 그가 저 멀리 날아가려고 하면 다리를 잡아당겨서 그럴 수 없다는 걸 알려준다. 그는 수십, 수백 번을 저 위로 날아오르려 하고 그때마다 줄이 그를 잡아당긴다.

그가 저 위로 계속 날아오르려고 하지 않는 때가 온다. 마침내 그는 줄을 받아들였다. 자신의 영역으로 돌아가려고 하지 않고 여기에서 살아야겠다고 맘먹었다.

이제 사람의 통제 아래 사냥하는 법을 가르쳐야 할 때이다. 그를 집 밖으로 데리고 나간다. 풀밭에다 두 다리를 묶은 토끼를 놓아둔다. 눈가리개를 잠시 덮어두었다가 열어주면 그는 버둥거리는 토끼를 보는 순간 바로 날개를 편다. 결코 지울 수 없는 매의 본성이 드러나는 순간이다.

매는 토끼를 향해 곧바로 날아간다. 뒷다리에 매여 있는 줄도 따라간다. 매가 토끼를 잡으면 줄은 초원의 길처럼 바닥에 뻗어 있다. 그는 토끼를 부리로 내리찍으려다가 다리에 있는 줄을 보게 된다. 이때 가볍게 줄을 당겨준다. 그는 자신이 줄에서 놓여 있지 않다는 걸, 줄이 허용하는 한에서만 사냥도 해야 한다는 걸 다시금 의식하게 된다.

줄을 매달고 하는 훈련은 이어진다. 열 번. 스무 번. 백번. 그동안 한 계절이 가고 다른 계절이 온다. 이걸 야우호이는 '사냥을 함께하기 위한 준비'라고 부르지만 나는 훈련이라고 부른다.

사냥 훈련을 능숙하게 해내면 비로소 다리에 매단 줄을 자른다. 사냥매라는 표식으로 다리에는 짧은 그러니까 꼬리 깃털만 한 시치미를 남겨두기는 하지만.

이제, 그와 나 사이에 놓여 있는 것은 보이는 줄이 아니다. 사냥에 나서기로 한 그의 약속이 놓여 있다. 그는 자신의 영역으로 떠나지 않는다. 한 번 한 약속은 지켜야 한다. 저 남쪽 알타이산맥에서 캐낸 금처럼 어디에 가져다 놓아도 빛깔이 변해서는 안 된다. 저 북쪽 홉스굴 호수의 밑바닥처럼 오가는 바람에 뒤집히는 일이 없어야 한다.

이제 사냥을 나갈 수 있다. 마침내 사냥매 훈련이 끝난 것이다.

채순애는 다음 장을 넘겼으나 거기는 그 누구도 아직 밟지 않은 설원처럼 하얬다. 백지 그대로였다.

집 뒤편의 언덕에서 황사가 일어났다. 황사는 바람을 타고 남쪽의 초원을 지나 지평선 너머로 사라졌다. 풀이 살아 있는 가을이라서 초원에서는 황사가 일어나지 않았다. 봄이라면 달랐으리라. 몽골 황사는 이곳 아르항가이 같은 초원 지대에서는 심하지 않다. 고비사막 같은 메마르고 초목이 드문 데서 발생한다. 황사가 남쪽으로 길을 잡으면 황하와 장강을 넘게 되고 동남쪽으로 날아가면 서해를 지나서 한반도에 이른다.

집 뒤편의 언덕에서 또 황사가 일어났다. 창밖이 뿌옇게 변했다. 여기가 몽골이라는 느낌이 왔다.

황사를 줄일 방법을 연구하는 선배가 있었다. 그녀는 대학 재학 때 선배가 대기 오염을 줄이는 연구를 한다는 말을 듣고 그를 무슨 화성인처럼 여겼다. 당장 먹고살기도 힘든데 대기를 두고 이러쿵저러쿵 떠들고 있어? 현장에서 싸울 용기가 없으니까 허공이나 쳐다보겠지. 어휴, 밥맛없어. 채순애는 대학 졸업 후에 노동 현장을 전전했다. 세월이 흘러서 운동권 다수가 노동 현장에서 시민의 실생활 중심으로 투쟁 방향을 바꿨다. 그녀는 대기 오염으로 투쟁 과제를 잡았다. 화성인이었던 선배가 생각났다. 선배는 여전히 대기 오염을 줄일 방법을 찾고 있었다.

선배 연구실의 서가에는 책이 많았다. 환경 관련 서적 이외에도 역사, 과학, 수학, 종교, 윤리, 문학 서적이 삼천

권쯤 있었다. 역사 서적은 주로 한국사이다. 그녀가 20대 초반까지 공부했던 분야다. 30대 초반에 이르러서는 바로 지금의 현장이 중요하다며 외면했지만. 과학과 수학 서적은 뒤섞여 있었는데 과학 서적은 우주의 신비를 다룬 게 많았다. 국민학생들이 좋아할 제목들을 달고 있다. '으라차차, 우주의 신비로 두 걸음'이나 '태양계 행성에서 내가 가장 예뻐' 같은 제목들. 선배는 지구를 다룬 서적을 보다가 아, 하고 감탄했다. 명작을 감상하다가 내는 감탄사였다. 선배가 토성인이 아닌 지구인으로 보였다. 수학 서적은 역사상 유명한 수학자들의 일화집이 주를 이루었다. 선배는 가우디의 일화집을 보다가 말했다. 수학자는 토목공사 노동자와 닮았어. 새 길을 만들지. 주어진 조건은 거지 같고 장비는 자주 고장 나지만 기어이 길을 뚫어. 그 길로 사람들이 이전보다 더 편하게 지나다니게 돼. 종교 서적은 두툼한 책들이 많았다. 신이 머물기에 넉넉할 정도로. 선배는 신이 머무는 걸 방해하지 않으려고 그러는지 종교 서적은 자주 펴지 않았다. 윤리 서적은 자주 폈다. 윤리적이지 않은 인간이 늘어나자 대처하기 위해서인지, 자신이 윤리적으로 타락하지 않기 위해서인지 말하지 않았다.

그녀는 책에다 표시를 하지 않았다. 메모는 했다. 선배는 표시도, 메모도 하지 않았다. 맘에 드는 구절이 있으면 거기서 멈추었다. 페이지를 넘기지 않고 그 대목을 몇 번이고 반복해서 읽었다. 연구실에서도, 지하철에서도, 대기 오염 측정 상자 옆에서도 읽었다. 어떤 대목에서는 며칠을 머물렀다. 권터 그라스의 『양철북』을 읽을 때 자주 머물러서 완독까지 석 달이 걸렸어, 하고 선배가 그녀에게 알려주었다.

선배가 아예 다음 페이지로 넘어가지 않을 때도 있었다. 시집을 읽을 때이다. 그 페이지의 시를 외우고 책을 덮는다. 선배의 맘에 드는 시가 시집 앞쪽에 나왔다면 나머지 시들은 봉인된다. 그 봉인이 풀린 적이 있어요? 그녀가 묻자 선배는 즉시 대답했다. 없어. 뒤쪽에 더 아름다운 시가 있을지도 모르잖아요? 봉인을 풀어야 하지 않나요? 뒤쪽에 더 아름다운 시가 있겠지. 그러니까 봉인을 풀지 말아야지. 풀리지 않은 저곳에 아름다움이 있다고 믿는 게 바로 시인이거든. 나는 시인을 닮고 싶고.

그녀는 선배의 말이 맘에 들어서 활짝 웃었다. 선배는 삼십 대 중반인데 십 대 소년 같아요. 너도 십 대 소녀 같아. 내가 왜요? 너도 나처럼 풀리지 않은 저곳에 아름다움이 있다고 믿고 있잖아? 그렇게 해서 그녀와 선배는 십 대가 됐다. 십 대의 남녀는 자주 만나면 연애에 빠져든다. 그녀와 선배도 예외는 아니었다. 둘은 이듬해 결혼했다. 이제는 십 대의 딸을 사이에 두고 있다. 남편은 여전히 대기 오염을 줄일 방법을 찾고 있다. 그녀는 세상의 오염을 줄일 방법을 찾고 있고. 정치가는 세상의 오염을 줄이는 사람이라고 하면 남편은 웃는다. 정치가는 오염 물질 발생원인데, 뭐라고? 야, 그런 화성인 같은 소리 좀 하지 말라니까. 혹시 너 화성인 아니냐?

바람 소리가 들리자 매가 눈을 뜨고 밖을 보았다. 채순애도 매의 눈길을 좇았다. 끝 간 데 없는 초원이 펼쳐져 있다.

*

정한초는 말을 타고 서쪽으로 가고 있었다. 그가 사무르텐에 머무른 지도 세 해가 지났다. 서쪽 들판의 풀숲, 거기에서 돌아다니는 토끼, 그걸 좇는 여우, 모두 다 그대로이다. 남쪽 들판을 지나는 말 떼도 항가이산맥까지 단숨에 내달릴 듯한 힘찬 말발굽 소리를 변함없이 들려준다. 달라진 게 있다면 머리카락이다. 드문드문 새치가 나기 시작했다. 쉰세 살의 나이니까 그럴 만하다. 머리카락은 자르지 않아서 어깨를 덮을 지경이다. 바람이 잡아채면 순록의 뿔처럼 길게 위로 솟구친다. 책상에 앉아서 사냥매 훈련에 관해 기록할 때는 머리카락이 탁자에 닿는다.

칠순에 이른 야우호이는 백발이다. 머리카락이 겨울 초원의 눈처럼, 여름 양의 젖처럼 하얗다. 야우호이는 자신의 무성한 백발이 민망하다고 했다. 칠순에 이르렀으니까 머리카락이 듬성듬성해야 하는데도 이렇게 백발이 무성하다니. 말과 양을 몰고 가다가 초원에서 만났던 몇몇 친구들은 날 보면 웃어. 오래만 살려고 하니까 머리카락이 빠지지 않는 거라면서. 내 자식들을 보면 오래 살았다는 생각이 드는데 손녀와 손자를 보면 더 살고 싶어져.

야우호이의 자식들 가운데서 정한초와 안면이 있는 사람은 늦둥이인 막내아들뿐이다. 그는 사무르텐에서 작년까지 살다가 울란바토르로 이사했다. 아내와 싸워서 별거하고 있다고 들었다. 며칠 후의 칠순잔치 때 부부가 오지 않을 수도 있다.

정한초가 말로 초원을 내달려서 야우호이 집에 도착했다. 안으로 들어가서 인사를 하고 자리에 앉았다. 야우호이가 수태차를 내왔다. 정한초가 그걸 마실 때 야우호이가 막내아들 부부를 어서 빨리 보고 싶다고 했다.

"자네는 보고 싶은 사람이 없어?"

"없다니까요."

"거짓말이지? 자식이 보고 싶지?"

"아니라니까요."

정한초가 남은 수태타를 입에다 부었다.

채순애는 어제 이곳까지 왔다가 편지만 남기고 떠나갔다. 정한초는 초원에 나갔다가 그녀와 만나지 않은 걸 다행으로 여겼다. 그녀를 만났다면 많은 게 마음속에서 떠올랐으리라. 그걸 가라앉히려면 한두 달은 걸린다.

야우호이가 탁자에서 막내아들 부부의 사진을 집어 들었다.

"애들아, 너희는 서른 살이야. 서른 살을 두고 이곳 사무르텐 사람들은 '눈의 나이'라고 부르지. 스무 살을 '산양 나이'라고 한 건 그 무렵이면 자꾸 높은 데로 올라가서 멀리 보고 싶어 하기 때문이고, 마흔 살을 '개울 나이'라고 한 건 개울에 하늘이 조금은 잠기듯이 그 시절에 이르면 하늘의 뜻을 약간은 받아들일지 알게 된다는 뜻이 담겨 있다. 그렇다면 서른 살을 왜 '눈의 나이'라고 하는지 알겠느냐? 눈은 바람을 타고 날아다니지. 넓은 세상을 보려고? 아니야. 자신이 내려앉을 땅을 찾으려고. 너희는 눈을 볼 때 떠도는 걸 보아서는 안 된다. 그게 내려앉는 걸 보아야 한다."

야우호이가 사진을 탁자에다 놓았다.

"막내아들 부부가 오면 해줄 말을 이렇게 연습하고 있어."

야우호이는, 두 아들이 여기에 오면 함께 매사냥을 갈 거라고 했다. 정한초도 눈의 계절이 오기 전에 매사냥을 나갈 참이었다. 말에 몸을 싣고 들판의 지평선 너머로 케토르와 함께.

야우호이가 매사냥 노래를 불렀다. 몽골어로 돼 있어서 정한초는 한 구절도 알아들을 수 없었다. 야우호이가 노래를 마치고 나서 한국어로 번역해주었다.

매사냥을 나가네, 내 사랑이.
말을 타고 바람 속을 달려가네.
양과 말을 만나지 않는다네.
오늘은 매의 날개를 만나러 간다네.
달 밝은 밤 내게로 올 적에
토끼털 모자를 선물할 거라네.
매사냥을 나가네, 내 사랑이.

영원히 푸른 하늘 아래서

호수를 돌아 초원을 내달린다네.

야우호이가 다른 노래를 시작했다. 정한초는 노랫말은
알아들을 수 없었지만 가락이 힘차서 손뼉을 쳐댔다. 야우
호이가 노래를 마쳤다.

"이런 노랫말의 몽골 노래를 아버지는 못 하셨지. 한반
도를 떠나온 아버지는 케룰렌강가에 정착해 살았으면서도
몽골 노래는커녕 몽골 말도 서툴렀어. 유목 생활이란 게 가
족 이외에는 만나는 사람이 드물어서 그렇게 된 거지. 나도
아내를 만나기 전까지는 주로 한국말을 썼어."

그의 아버지는 한국 이름인 '일문'을 몽골식으로 고쳤
다. 이루무치. 그의 이름 야우호이 역시 한국 이름을 몽골
식으로 고쳤다. 그의 한국 이름은 '양호'이다. 몽골인들은
양호라고 하면 모른다.

정한초는 한반도를 떠나왔지만 이름은 그대로 쓰고 있
다. 한반도를 떠날 수 있으리라 기대하지 않았는데 어느
날 갑자기 여기로 오게 됐다. 북한의 조사관에게 '돌아가고
싶은가?'라는 질문을 받았을 때만 해도 그게 농담인 줄 알
았다. 상대가 농담을 말해도 그는 진담으로 대답했다. 북

한에서 붙잡힌 이후 항상 진담이었다.

논둑에서 자신의 것과 똑같은 발자국을 발견하고 마을로 갈 때 그는 붙잡힐 수 있다고 예상했다. 그런데도 발걸음을 멈출 수 없었다. 북한에서는 물론이고 여기 몽골에서도 그때를 돌이키면 왜 그랬는지 맥락이 분명하게 설명하지 못한다. 말하자면 그날의 그 행동에 대해 군대식 보고서를 작성할 수 없다.

군인이었던 내가 왜 군대식 보고서를 작성할 수 없는 행동을 한 걸까? 나는 당시 군복을 입지 않았다. 농사꾼이 입었다가 내버린 그런 허름한 작업복을 입고 있었다. 말하자면 계급장을 뗀 정도가 아니라 무장 해제를 했고 이어서 복장 해제까지 했다. 나는 이미 군인이 아니었으므로 군대식 보고서를 작성해야 한다는 생각을 지니지 않았다.

그는 마을로 가서 친아버지와 만났으나 이웃의 신고로 잡혔다. 조사관은 그의 행적을 물었고 그는 사실대로 대답했다. 조사관은 그가 친아버지를 만나게 되기까지의 과정을 믿지 않았다. 그것은 정한초 자신도 믿기 힘든 일이었다. 본인이 그러한데 상대방이 믿으려 하겠는가? 믿지 못하니까 질문을 거듭했다. 석회 동굴에서의 은신에 관한 질문들도 쏟아져 나왔다. 사실대로 대답했으나 조사관은 믿지 않았다. 질문은 대답을 통해서 사실을 쌓아가는 게 아니라 오히려 의혹을 증폭시켰다. 석회 동굴에서 자주 사용했던 망원경만 해도 그렇다. 그는 망원경으로 사방을 경계하기보다는 마을의 텃밭을 보았다고 대답했다. 이건 사실이었다. 조사관은 그의 대답을 믿지 않았다. 남조선의 장교는 늘 망원경을 차고 다니지 않는데도 너는 그걸 지니고 넘어왔다. 여기에서도 그걸 끝까지 지니고 있었다. 군사적인 움직임을 파악하려는 의도가 아닌가? 그는 간첩이 아니라고 주장했다. 간첩이 아닌데도 왜 망원경으로 마을의 텃밭까지 살폈는가? 그 텃밭이 어머니의 텃밭과 닮았기 때문이었다. 어머니의 텃밭과 닮아서였다고? 그렇다.

그는 어디인지도 모르는 곳에 갇혀 지내면서 지난 언행에 관해 숙고했다. 왜 그랬는지 불명확했던 것들을 명확하게 규정했다. 말하자면 그는 지난 언행의 퍼즐게임을 풀어냈다. 그 답을 조사관에게 제시했다. 그의 답을 조사관은 받아들이지 않았다. 이쪽이 찾아낸 퍼즐게임의 답을 저쪽이 인정하지 않는 건, 저쪽은 저쪽대로 퍼즐게임의 답을 지니고 있기 때문이었다.

저쪽에서 조사 사이사이 선전을 했다. 북한 체제가 우월하다고 말하지 않았다. 남한 체제가 열등하다고도 말하지 않았다. 북한의 신념이 유일한 것이라고 했다. 그 선전을 늦봄에 우는 뻐꾸기처럼 크고 단조롭게 반복했다.

그는 조사를 끝내고 싶었다. 이쪽이 요구한다고 해서 저쪽이 끝내지는 않을 터였다. 이쪽에서 조사를 끝낼 방법을 찾았다. 그는 대답을 이전과는 다르게 했다. 자신의 답이 아니라 상대가 마련해두었을 것으로 예상되는 것을 말했다. 열 개 중에서 한두 개는 이쪽의 답과 저쪽의 답이 일치한다는 걸 알았다. 질문을 다시 하지 않는 걸 보면 그렇다는 걸 알 수 있었다. 조사 시간이 점점 줄어들었다. 그러나 조사가 끝나게 만들지는 못했다.

그는 계속 갇혀 있었고 그렇게 세월은 지나갔다. 몇 년이 지나갔는지조차 알 수 없었다. 조사는 이어졌다 끊어지길 반복했다. 조사를 받는 시간보다 받지 않는 시간이 훨씬 더 길어졌다. 조사관이 가끔 와서 뭘 물었는데 어떤 것은 기억이 가물가물했다. 갇혀 지낸 지 십 년은 됐지 않았나 싶었다. 조사관에게 물어봤더니 십 년이 거의 다 돼 간다고 했다.

돌아가고 싶은가? 라고 조사관이 물었을 때 그가 돌아가고 싶지 않다고 대답했다. 이건 사실이었다. 남쪽에 삶의 터전과 가족이 있다는 건 물론 뇌리에 박혀 있었지만 그는 돌아가고 싶지 않았다. 북에서 지루한 조사를 받으면서 알았다. 남으로 간다면 또 이런 조사를 받아야 하리라. 아무리 진담을 거듭해도 조사관은 믿어주지 않고 조사를 계속하리라. 언제 끝날지 모르는 조사가 싫어서 돌아가고 싶지 않다고 했다. 제삼국으로 망명을 바라느냐는 질문을 받고 그는 그렇다고 대답했다. 망명한다면 지루한 조사는 없을 듯해서.

몽골에 살면서 알게 된 거지만 그가 북한에서 이곳으로 보내질 당시 남북은 남북정상회담을 앞두고 화해 분위기가 고조돼 있었다. 그 분위기가 그의 망명을 만들어내는 데 일조한 건 분명했지만 그것만은 아니었으리라. 그의 판단인데 북에서는 그를 처치 곤란으로 여겼을 터였다. 저쪽 체제가 싫거나 이쪽 체제가 좋아서 온 게 아니라 친아버지를 만나려고 온 자였으니까. 저쪽 체제를 욕하는 일에도, 이쪽 체제를 칭찬하는 일에도 나서지 않는 자를 살려둘 수는 없었다. 그렇다고 화해가 조성된 마당에 처형하기도 곤란했다. 이런 자가 망명을 원한다고 했다. 화해 분위기를 깨지 않으면서 쫓아내는 것과 같은 효과를 지닌 망명이라면 들어줄 수 있다.

망명지는 그가 선택했다. 어디로 가고 싶으냐는 물음에 그는 넓은 곳이라고 했다. 계속 갇혀 지냈던 터여서 넓은 곳을 원했다. 몽골 초원 같은 넓은 곳이라고 덧붙였다. 그의 요구는 수락됐다. 단 조건이 있었다. 한 번 택한 곳을 벗어나지 않는다. 전화나 편지 같은 통신 수단을 사용해서는 안 된다. 그는 당장 받아들였다. 넓은 곳으로 갈 수만 있다면 그보다 더한 조건이라도 즉시 받아들였으리라.

그가 몽골로 오기 직전에 그의 식사를 책임진 여자가 알려주었다. 정한초, 당신의 친아버지는 평생을 혼자 살다가 돌아가셨어요. 돌아가시면서 그런 말을 했다는군요. 남쪽의 내 아내는 한 달 전에 죽었다. 나도 이렇게 뒤따라가게 됐다. 임종한 이웃이 여기 살면서 어떻게 남쪽의 아내가 죽었다는 걸 아느냐고 묻자 그가 그렇게 대답했대요. 안다. 그냥 안다. 그 말을 듣고 정한초는 어머니가 돌아가셨다고 믿었다. 살다 보면 그냥 믿어야 할 때가 있다. 그때가 바로 지금이라고 여겼다.

정한초의 식사를 책임진 여자는 그의 또래였다. 평소에는 식판만 가져다주고 말이 없었는데 그가 멀리 떠난다는 걸 알고 나서 말을 걸어왔다. 그러는 중에 정한초는 그녀에 관해 몇 가지를 알게 됐다. 그녀는 평양에서 태어나 거기에서 자랐고 선전선동부 산하에서 무용수로 활약했다. 남편 역시 무용수였다. 둘은 혁명가극에서 2인무를 추다가 눈이 맞아 사랑에 빠졌다. 나중에 결혼하게 됐고. 정한초는 그녀에게 왜 무용수가 정보기관에서 식판을 나르게 됐는지 물었으나 그녀는 대답하지 않았다. 왜 그렇게 됐는지 짐작은 갔다. 무대의 춤보다 세상의 춤이 훨씬 더 어려운 것이니까.

그는 몽골의 사무르텐에서 혼자 살게 됐다. 말과 양을 키웠고 유목민이라고 자칭했다. 말을 타고 초원을 내달리게 되면서 유목민들을 만날 수 있었다. 그 유목민 가운데 한 명이 야우호이였다. 그는 자신을 '양을 기르는 농사꾼'이라고 했다. 몽골 초원은 넓은 밭이야. 이런 넓은 밭에다는 상추나 배추보다는 양이나 말을 기르는 게 더 나아. 그걸 알기에 몽골 사람들도 양이나 말을 기르는 농사꾼으로 사는 거고. 밭이 넓다 보니 이 농사꾼들이 많이 돌아다니기는 하지. 그래서 유목민이라고 부르지만 실은 농사꾼이야.

야우호이 아내가 방으로 들어왔다. 몽골어로 말했는데 정한초는 알아들을 수 없었다. 칠순 잔치 준비에 관한 것이리라.

정한초가 들은 바로는 야우호이 아내는 유목민 집안의 딸이었다. 케룰렌강가에서 태어나서 거기서 자랐다. 열여덟 살이었을 때 야우호이와 사귀었다.

야우호이 아내가 방에서 나가자 정한초가 물었다.

"왜 아내와 케룰렌강가에서 살지 않았어요?"

"양쪽 집안에서 우리의 결혼을 반대했거든. 아버지는 한반도에서 온 여자와 결혼하길 바랐어. 여자 집안에서는 몽골어에 서툰 나를 받아들이려고 하지 않았고. 우리는 집을 떠났지."

"사랑의 도피라? 내가 아는 채순애라는 여자는 젊어서 그걸 해 보고 싶다고 했는데……."

"아르항가이의 체체를렉에 이르러 출루타이라는 젊은 이를 만났어. 그는 사무르텐에서 산다고 하더군. 그곳은 체체를렉에서 북서쪽으로 산을 넘고 호수를 우회해야 하는 곳이었어. 아르항가이 사람들도 잘 모르는 데야. 나는 이렇게 물었지. 사무르텐은 어떤 곳이야? 젊은이는 그 자리에서 몽골인들이 그러듯이 영원히 푸른 하늘을 두고 자신이 사실만을 말할 거라고 맹세하더군. 그러고 나서 분명하게 말했지. 그곳에는 초원과 호수가 있어. 유목민을 위해 하늘이 내린 땅이야. 우리 집은 그곳에서 유목을 해."

야우호이는 당시 출루타이가 했던 말을 지금도 기억했다. 사무르텐은 아름다운 땅이다. 유목하기 좋은 평탄한 초원. 늑대의 눈빛처럼 싱싱한 풀. 발굽은 튼튼하고 갈기는 펄럭이며 등에는 윤기가 잘잘 흐르는 말. 그걸 타고 초원을 내달리면 눈에 가득 담겨오는 맑은 하늘. 초원이 끝난 자리에는 양과 염소가 뛰노는 언덕. 여우가 물을 마시는, 구름이 잠긴 냇물. 즐거운 늦가을의 매사냥.

야우호이는 수중에 남은 돈으로 말과 양을 사서 유목을 시작했다. 아버지에게 편지를 보내 아르항가이의 사무르텐에 정착했다고 알렸다. 답장은 없었다. 피차 연락하지 않고 살았다. 환갑이 넘자 아버지는 이곳으로 왔다. 야우호이는 담담하게 받아들였다. 아버지는 매사냥을 했다. 한반도 한실에서처럼 이곳 사람들과 어울려서 뭘 잡든 잡지 못하든 항상 흥겨워했다. 물론 아들과도 매사냥을 나갔고 자신만이 아는 매사냥 기술을 가르쳐주었다. 아버지가 돌아가시자 야우호이는 아들들에게 매사냥을 가르치고 싶었다. 큰아들도, 막내아들도 원하지 않았다. 누구에게도 가르치지 못할 줄 알았는데 인근에 사는 정한초가 나섰다. 그는 작년부터 정한초에게 매사냥을 가르쳤다. 지금 그가 여기 온 것도 매사냥에 관해 묻기 위해서이리라.

매사냥은 바람을 만나러 가는 거라고 야우호이는 믿었다. 사내는 바람 속에 서 있어야 한다. 사흘을 보내며 반나절 동안도 바람을 맞지 않는다면 그는 진정한 사내라고 할 수 없다.

며칠 전에 체체를렉으로 칠순 잔치 때 쓸 천을 사러 갔더니 텔레비전에 내보낼 걸 카메라로 찍는 서양인들이 와 있었다. 그들은 그의 어깨에 앉아 있는 사냥매를 보고 다가왔다. 몽골 사람인 안내인이 서양인들 말을 전해주었다. 매의 힘찬 날갯짓이야말로 몽골인의 좋은 표상이다. 매가 머리 위로 날아다니게 해 보아라. 그는 말에 앉은 채 그들을 내려다보았을 뿐 사냥매를 날리지 않았다. 그들이 사냥매 날갯짓은 찍어 갈 수 있어도 바람은 그럴 수 없기에. 야우호이는 서양인들에게 가르쳐주라고 안내인에게 이렇게 일렀다. 이 세상 모든 바람은 새의 날갯짓에서 시작한다. 당연하게도 몽골 초원의 첫 바람은 매의 날개에서 나왔다. 이런 바람에 먼저 온몸이 젖어야 그 후에 비로소 매의 날갯짓을 알 수 있다. 너희는 바람을 모른다. 매의 날갯짓도 모르고. 텔레비전을 보는 사람들 역시나 둘 다 모른다. 이런데 매의 날갯짓을 카메라로 찍어 봐야 무슨 소용이 있겠는가?

몽골 바람 속에서 세월을 보내고 올해 칠순에 이르렀다. 풀을 만들어낸 땅, 비를 몰고온 바람, 마음을 씻어주는 깨끗한 하늘, 매사냥을 한 친구들, 수태차를 나눠 마신 이웃들 덕분에 그 세월을 살아온 것이기에 잔치를 열어 모두에게 감사하려고 한다.

아내는 벽돌집에다 새로 회칠하고 바닥에 새 양탄자를 깔고 손님을 맞아야 한다고 세 번이나 말했다. 여름과 가을의 유목 철에는 초원으로 나가 게르 생활을 하면서 오래도록 비워 두기도 한 곳이라서 여기저기 허물어지고 벽에는 곰팡이가 슨 자국이 나 있는 건 사실이다. 초원에서 머물다가 저 영원한 하늘로 돌아가야 하는 게 사람인데, 결국은 떠나가야 하는데, 잠시 머무는 집을 뭐 그렇게 요란스럽게 치장할 게 있느냐고 그는 아내를 나무랐다. 아내는 우리를 위해서가 아니라고 했다. 손님을 초대한 집은 활기차게 보여야 하기 때문이라고 했다. 회칠하고 양탄자를 새로 깔면 노인네 둘이서만 사는 집이라고 해도 젊은 자식들과 함께 사는 집 못지않게 활기차 보일 거라는 말에, 그는 아내의 뜻을 따르기로 했다.

잔치에 몇 명이나 올까? 사방이 트여 있는 초원인 이곳. 지평선까지 가 봐야 고작 한 집 만나는 정도이지만 그래도 사무르텐 들판에는 다 합해 열한 집이나 살고 있다. 사람들은 유목에 매달리는 여름에는 초원의 게르에서 지내고 늦가을에 말과 양을 데리고 집으로 돌아온다. 그들을 남녀노소 가리지 않고 손님으로 초대하려고 한다. 쉰 명은 오지 않을까 싶다.

겨울을 앞둔 때이다. 젊은이들은 반달 후에나 돌아오겠지만 그처럼 늙은 사람들은 벌써 초원의 게르를 걷고 벽돌집으로 돌아와 있다. 말과 양을 우리에 몰아넣어 두기에는 약간 이르지만 힘이 부족하면 미리미리 겨울을 준비하는 게 좋다. 출루타이도 벽돌집으로 돌아와서는 어제 집으로 놀러 왔다. 아내가 수태차를 내주자 그는 수태차는 마시는 둥 마는 둥 하고 매사냥 나갈 날을 잡자고 떠들었다.

사무르텐에 처음 왔을 때 그는 아내와 출루타이의 게르에서 하룻밤을 신세졌다. 아침에 일어나니까 출루타이가 세수하고 있었다. 물을 입에다 한 모금 머금었다가 그걸 손에 내뱉어서 얼굴을 씻었다. 그도 세수에 나섰다. 세숫대야나 바가지가 없었으므로 그는 출루타이에게 양가죽으로 된 물주머니를 기울여 물을 부어달라고 부탁했다. 물을 손바닥에 받아서 그는 세수했다. 입으로 푸우, 푸우 하는 소리를 내면서. 그걸 보고 출루타이가 웃었다. 그도 물기 묻은 얼굴로 활짝 웃었다.

야우호이가 옛일을 돌이키고 나서 정한초에게 말했다.

"칠순 잔치 때 출루타이가 와. 내 친구 중의 친구이지."

"그 잔치 때 받고 싶은 게 있나요?"

"없어."

"부담 갖지 마시고 말씀해 보세요."

"칠순 잔치 후에 하고 싶은 게 하나 있어."

"뭐죠?"

"매사냥."

야우호이는 아들들과 멀리 매사냥을 가고 싶었다. 근처에서 하는 매사냥은 아침에 나갔다가 저녁에 돌아온다. 먼 데로 가면 밤을 지새운다. 사나흘 동안 이어지는 매사냥도 있다. 한뎃잠을 자야 한다. 차디찬 바람 속에서도 잠이 들 수 있는 튼튼한 몸과 초원을 떠도는 악한 혼령의 유혹을 이겨낼 수 있는 바른 마음을 가지고 있어야만 밤을 무사히 넘기게 된다.

"아드님들이 아버지의 바람이니까 들어주겠지요."

"그 후에는 자네하고 가고 싶어."

"그 연세에 매사냥을 연달아서 멀리 가는 건 무리일 것 같은데요."

"흥겨우면 힘든 줄 몰라."

정한초는 함께 가자는 말을 하지 않았다.

"나와 가고 싶지 않은 모양이로군."

"매사냥은 혼자 하는 게 멋 아닐까요?"

"함께하는 매사냥이 진짜 매사냥이지."

이 말은 아버지가 생전에 야우호이에게 몇 번이나 했던 말이었다.

아버지가 말한 '함께하는 매사냥'은 고향인 한실에서의 매사냥을 말하는 거였다. 그곳에서 아버지는 어릴 적에 마을 사람들과 매사냥을 했다. 당시의 매사냥을 수십 번 회고했다.

마을 사람들이 많으면 스무 명, 적어도 예닐곱 명이 모여 매사냥을 나간다. 나이 든 어른에서부터 열 살 안팎의 아이들까지 어울려서. 마을 사냥에는 연세 지긋한 매사냥꾼인 수할치가 한 명, 매가 날아간 곳을 살피는 배꾼이 한 명 있다. 그 나머지는 사냥감을 몰아다주는 털이꾼이다. 열 살 안팎의 우리 또래들은 털이꾼이다. 매사냥에서야 뭘 해도 좋지만 그래도 털이꾼이 가장 재미있다. 친구들과 어울려 다닐 수 있으니까. 털이꾼으로 나선 어른들과 마을 형들은 산기슭을 지나며 꿩을 쫓을 때 노래를 부른다. 내가 아는 노래 대부분은 거기서 배운 것이다. 어른들과 마을 형들은 이런저런 얘기를 나누기도 한다. 밑거름을 많이 주어 한겨울에도 푸릇푸릇한 보리밭에서 달밤에 만난 처녀와 총각, 언덕 위에서 바라본 한강과 거기에 떠내려가는 뗏목, 농악놀이 할 때 제대로 친 북, 마을 뒤편 서낭당에 나타난다는 장난이 심한 도깨비, 술에 취해 도깨비와의 씨름에서 진 일, 호랑이가 무서워하는 곶감과 곰이 좋아하는 홍시, 굶어 죽으면서도 볍씨를 남겨 놓았다는 옆 마을 농사꾼…… 이 사람 저 사람의 얘기를 들으면서 산기슭을 올라가자면 숨이 차오른다. 너덜겅에서 헉헉거리는 친구와 나의 숨결. 솔밭을 지나가면서 마주치는 눈길. 매사냥은 그렇게 숨결과 눈길을 나누는 일이다.

야우호이는 몽골에서 매사냥을 하면서 유목민 친구들과 숨결과 눈길을 나누었다. 정한초와는 아직 그러지 못했다. 그와는 한 번도 같이 매사냥에 나가지 않았다. 매사냥은 자신의 매가 없어도 갈 수 있는데 그는 그러고 싶지 않다고 했다. 매사냥에는 자신의 매가 있어야 해요. 나는 아직 그게 없어요. 수컷 매 한 마리를 훈련하고 있으니까 곧 사냥매가 생길 겁니다. 야우호이가 훈련 아닌 '사냥을 함께하기 위한 준비'라고 정정해주었으나 그는 받아들이지 않았다.

매를 훈련하는 일에 정한초는 매달렸다. 훈련과 관련해 어떤 문제나 궁금한 점이 생기면 찾아왔다. 오늘도 뭘 물어보려고 여기에 왔으리라.

"자네 친구인 매한테 무슨 문제라도 있나?"

"매사냥을 나가면 케토르가 다른 매의 영역으로 들어가

는 게 되잖아요?"

"그렇다고 할 수도 있겠군."

"다른 매가 제 영역을 지키려고 덤벼들 때 케토르가 싸워 이겨야 하잖아요? 그러려면 어떤 훈련을 시켜야 하죠?"

"글쎄."

"매끼리 싸우는 걸 본 적이 없어요?"

"없어."

"왜 매는 제 영역에 사냥매가 들어왔는데도 싸우지 않는 거죠?"

"왜 그러는 걸까?"

＊

등에 안장이 놓이자 간자말이 굽으로 바닥을 가볍게 찼다. 정한초가 오늘 먹을 마른고기를 안장에다 매달았다. 사흘 동안 사냥을 나가면 하루치의 식량만 있으면 된다. 사냥 나가서 얻은 고기를 먹으면 되니까.

정한초가 말에 올라탔다. 토시를 찬 왼팔을 내뻗자 케토르가 날아와 앉았다. 그는 케토르에게 눈가리개를 씌웠다.

말이 걸음을 옮기기 시작하자 바람이 얼굴로 밀려들었다.

바람이 불어오는 쪽으로 말머리를 향한 후 가자, 하고 소리치면 바로 그 순간 사냥은 시작된다. 야우호이가 그랬다. 매사냥을 시작할 때는 항상 바람이 불어오는 쪽으로 가야 해. 토끼나 여우에게 사람 냄새를 들키지 않으려는 뜻도 있지만 그것만은 아니야. 몽골의 생명이 오고 있는 쪽에서 사냥을 시작해야 하니까 그래. 돌아올 때는 바람을 등지고 와. 바람이 불어 가는 쪽, 삶이 펼쳐진 쪽으로 귀환해야 해.

간자말이 불어오는 북풍에 갈기를 휘날리며 경쾌하게 걸어 나갔다. 눈가리개를 한 케토르는 바람 속에서 대가리를 이리저리 돌리면서 멀리 떠나가고 있음을 안다는 뜻을 드러냈다. 야우호이는 사냥을 나갈 때 눈가리개를 채우지 않는다고 했다. 나와 매는 사냥 친구야. 우리가 같이 사냥을 나가는데 내가 매에게 하늘과 초원을 보지 못하게 한다는 건 있을 수 없는 일이야. 정한초는 그렇게 하지 않았다. 사냥매는 눈가리개를 하고 있어야 집중력이 높아지고 힘이 비축된다. 토끼나 새끼 여우가 발견되면 절대 놓치지 않는다. 눈가리개를 풀어놓는다면 그는 팔뚝에 앉아서 주위를 보게 된다. 여기저기 눈길을 주다 보면 산만해지기 쉽다. 이렇게 되면 토끼와 새끼 여우를 놓칠 수 있다.

말이 내달리려고 하자 정한초는 고삐를 잡아당겼다. 매사냥에서 첫날은 사냥매를 거느리고 목적지로 가는 시간이다. 유목할 때 봐두었던, 토끼와 여우가 많은 곳이 목적지이다. 말로 내달리면 반나절 거리에 불과해도 사냥매를 거느리고 가면 하루가 걸리기도 한다. 사냥매가 팔뚝에 앉아 있으니까 내달릴 수 없다.

그는 언덕을 넘고 개울을 건넜다. 목적지인 퀜샨 언덕은 아직 눈에 들어오지 않았다. 얼마나 남았는지 묻지 않았다. 앞으로 나아가는 자는 남은 거리를 계산하는 데 마음을 뺏겨서는 안 된다.

냇가에서 말을 멈추었다. 아직 눈이 내리지 않아 말이 풀을 뜯을 수 있었다. 그는 케토르를 팔뚝에서 내려놓고 눈가리개를 풀어주었다. 케토르는 가볍게 날아올라 사방을 살폈다. 그는 냇가에 앉아서 마른고기를 먹었다.

야우호이가 함께 매사냥에 가자고 했으나 정한초는 그러고 싶지 않았다. 야우호이는 매사냥을 나가면 한실을 얘기하리라. 그러면 한반도를 떠올리지 않을 수 없다. 아내와 아들, 어머니와 두 아버지가 생각날 게 뻔하다. 아내와 아들은 이곳으로 오면서 잊기로 했다. 지금쯤 아내와 아들도 나를 잊었으리라.

정한초는 점심을 먹고 나서 풀밭에 누웠다. 구름에 회색이 깃들어 있었다. 눈의 계절이 다가오고 있다는 걸 알려주었다. 눈의 계절, 그것은 채순애가 그의 집을 찾았을 때 남긴 편지의 제목이기도 했다.

몽골 초원의 빛깔은 내가 상상한, 윤기가 잘잘 흐르는 그런 초록색이 아니었어. 가을이어서 그런지 초록색이 옅어져 있었어. 여기저기 오가는 동안 갈색으로 드러난 언덕도 보았지. 윤기를 잃은 초원, 갈색의 메마른 언덕은 겨울이 되면 설원으로 바뀐다고 하더군.

초원과 언덕을 겨우내 덮는 몽골의 눈. 모든 것이 다 숨을 죽일 때 너는 뭘 할까? 세상이 하얀빛 하나로 굳어버리지 않게 만들려고 눈밭을 힘차게 달릴까?

나는 학창 시절에 눈보라가 칠 때마다 바깥으로 나갔어. 눈처럼 나 자신도 바람을 타고 어디론가 갈 수 있다는 기분을 느끼려고. 갈 수 없다는 걸 알고 있어도 그 기분만으로도 뿌듯했지.

기분만으로도 뿌듯한 것, 그게 설렘이지. 말해놓고 보니 설렘을 느낀 지가 오래됐어.

설렘은 마음에 담겨 있지. 마음을 채우고 나면 넘쳐나

지. 두 눈으로. 설렘이 넘쳐나는 눈으로 세상을 보았어. 지금은 아니지만. 언제 다시 설렘의 눈으로 세상을 볼 수 있을까? 남편이 있고 딸이 있는 쉰세 살의 나이에 주책이 없는 걸까?

나는 울란바토르로 떠나. 아니, 서울로 떠나.

사무르텐이 눈의 계절일 때 한반도도 눈의 계절이겠지.

고향에서는 눈이 지상에 오래 머무르지 않아. 남도의 햇볕을 받아들여서 금세 녹아. 당장 녹지 않는다고 해도 늘 녹을 준비를 하고 있어. 고양이가 밟으면 그 발바닥의 온기를 받아들여서 녹아. 고양이 발자국이 선명해. 서울에서는 그런 눈을 보기 힘들어. 올겨울에는 고양이 발자국이 선명한 눈을 보러 가고 싶어. 차가움을 드러내는 눈이 아니라 따뜻함을 받아들이는 눈을.

그래, 모처럼 가족과 남도로 여행을 떠나야겠다. 눈이 오면 눈송이처럼 춤추어야지. 눈이 오지 않으면 곰솔밭에서 바닥까지 내려오는 햇볕을 받고.

너는 이곳 사무르텐에서 눈을 만나고 햇볕을 받겠구나. 왜 몽골의 초원을 선택했는지는 알 수 없으나 네가 한반도를 외면했다는 건 알 수 있었어. 외면에는 그럴 수밖에 없는 이유가 있었으리라고 짐작해. 그 이유가 무엇이든 나는 거기에 딴지를 걸 맘은 없어. 내가 원한 건 다만 너를 한 번이라도 만나는 거였어. 살아 있는 너를. 그것은 너와의 추억 때문이 아니고, 네가 살아 있다는 걸 남북 화해의 증거로 삼으려는 뜻도 아니야. 뭐라고 정확히 말할 수는 없어. 굳이 말하자면 그냥 보고 싶다, 라고 해야겠지.

한초야, 나는 너를 그냥 보고 싶어. 아, 그냥!

나는 다시 너를 찾아올 수 없어. 그렇게 약속했으니 당연히 약속을 지켜야지. 약속을 지키지 않으면서 그럴듯한 변명과 거짓말을 내세우는 정치가를 나는 경멸해. 그런 정치가의 행태를 내가 할 수는 없어. 나는 약속을 지켜. 네 생존을 그 누구에게도 말하지 않겠다고 약속했으니 네 가족을 찾아가지도 않을 참이야.

너는 네 길을 가고 나는 약속을 지킬 터이니 우리는 앞으로 만날 수 없겠지. (그런 예상이 들어서 이 편지를 쓰기 시작했는데 이제 마칠 때가 됐구나.)

너를 잊고 살지도 모르겠어. 하지만 최소한 이번 겨울에는 눈이 내리면 이렇게 생각할 것 같아.

한반도가 눈의 계절이니까 몽골도 눈의 계절이겠구나.

정한초는 십 대 시절 채순애와 편지를 주고받았다. 그

녀가 등굣길에서 건네준, 그녀 품에서 나온 연애편지에는 따뜻함이 묻어 있었다. 그래서 연애편지는 겨울밤에 써서 겨울 아침에 건네는 게 최고라고 십 대 때는 여겼다. 몽골에 살면서 많은 걸 잊었으나 그 편지들은 아직 잊지 않았다. 채순애도 그런 모양이다. 이 사무르텐에 와서 편지를 남긴 걸 보면.

그는 십 대 시절보다 더 꼼꼼하게 그녀의 편지를 읽었다. 십 대 시절과는 달리 여러 번 읽지는 않았다. 책상 서랍에다 넣어두었다가 오늘 매사냥을 나오기 전에 찢어버렸다.

"케토르 가자."

그가 말에 올라 케토르를 불렀다. 토시를 찬 왼팔을 내밀자 케토르가 날아와서 앉았다. 그는 눈가리개를 씌웠다.

말이 일정한 발굽 소리를 내면서 초원을 걸어 나갔다. 그는 숨을 고르면서 초원 저 끝에다 눈길을 주었다. 길게 옆으로 누운 퀜샨 언덕이 보였다.

해가 뉘엿뉘엿해졌다. 한낮에는 잘 드러나지 않던 낮은 언덕이 양의 등 모양으로 눈에 잡히고 언덕 사이에 그늘이 드리워졌다. 그늘은 짙어지면서 넓어졌다. 언덕이 갈색 날개를 펴는 듯했다.

언덕이 거대한 매의 날개처럼 변하는 광경을 보게 되자

그는 말에 채찍을 휘둘렀다. 말은 거대한 매의 날개에서 날개로 옮겨 다녔고 그는 고함을 쳐 댔다. 매여, 날아올라라. 나를 태우고 몽골의 하늘을 날아 보아라.

황혼이 번진 하늘을 보고서야 그는 말을 세웠다. 오늘의 황혼은 여느 때보다 더 붉었다.

야우호이가 칠순 잔치에서 축하객들에게 황혼을 말했다. 초원이 저녁놀에 물들면 말이 갑자기 서쪽으로 내달리기도 하고 양 떼는 서쪽을 보고 울어대. 여우는 풀덤불에서 목을 빼서 지는 해를 쳐다보고 사람은 길을 가다 말고 저녁놀에 눈길을 돌려. 붉게 타는 초원의 황혼이 아름다운 것은 초원의 모든 눈길이 거기로 모여들기 때문이지. 눈길이 모이면 그곳은 아름답게 돼.

야우호이가 축하객을 한 명, 한 명 껴안았다. 그가 껴안았을 때 정한초는 장수하시라고 덕담을 건넸다. 그는 자주 놀러 오라고 했다. 십 년을 살면서 자네를 한 번 만나는 것보다 일 년을 살면서 자네를 열 번 만나는 게 나는 더 좋아.

그는 야우호이에게 말 한 마리를 선물했다. 이 말처럼 초원을 계속 내달리며 건강하게 사시라고 했다. 야우호이가 그에게 책을 주었다. 한국에서 출판된, 여러 사람들의 매사냥 추억을 모아놓은 책이었다. 정한초는 매사냥에 도움이 될까 해서 그 책을 읽었다.

　　나는 부여에서 1950년대 말에 태어났다. 사람들은 매, 하면 백두대간의 깊고 깊은 산골짜기를 떠올린다. 부여의 금강 가에서 매와 더불어 지냈다고 하면 거기에 매가? 하고 놀란 표정이 된다. 부여에도 매가 있었다. 그리고 부여는 매와 인연이 깊은 땅이다. 이곳은 백제 왕성이었는데 백제는 응준(鷹隼, 매)이라는 별칭을 지녔던 나라이기 때문이다.

　　할아버지는 응사(鷹師)라고 불렸다. 응사는 고려와 조선 시대에 나라의 매사냥을 담당한 관리였다는데 —그러니까 지금과는 아무런 상관도 없는데— 사람들은 할아버지를 그렇게 지칭했다. 사람들은 할아버지의 참매를 가리켜 해동청(海東靑)이라고 했다. 해동에 사는, 등에 푸른빛이 도는 매여서 그렇다는 거였다. 할아버지는 참매의 나이에 따라 이름을 따로 불렀다. 태어난 지 일 년이 채 되지 않았으면 보라매였고 수년간 사냥을 해 왔으면 수진이였다.

　　어릴 적 나와 친구들에게 우리의 매가 있었다. 매 주인은 원래 한 명이지만 우리는 공동 주인이었다. 할아버지께서 우리 셋이 언제까지나 친구로 잘 지내라고 보라매를 주셨으니까. 수진이를 받으면 좋기야 하겠지만 그렇게 사냥에 능숙한 매는 마을에 한 마리밖에 없었기에 우리는 애초부터 바라지도 않았다. 보라매 한 마리만이라도 있다면, 하고 바랐는데 그게 정말로 주어졌던 것이다. 우리는 매의 꽁지에다 깃털 셋을 달았다. 우리의 시치미였다.

매를 부리는 수할치와 매에게 꿩을 몰아다주는 털이꾼은 우리 셋이서 번갈아 가면서 했다. 내가 수할치를 할 때면 긴장해서 입안이 바싹 탔다. 친구 두 명은 먼저 건너편 솔밭으로 간다. 나는 보라매를 왼팔에 얹어두고 여기 산기슭에 숨어 있다. 두 명이 장끼를 몰아서 이쪽으로 날아오게 한다. 장끼 날개에 힘이 좀 빠졌다 싶은 순간 보라매를 날린다. 그것은 하늘로 치솟아 오른다. 매는 장끼를 발견하고 날쌔게 몸을 날린다. 무더운 여름날 우리가 금강에 뛰어드는 것처럼 그렇게 빠르게. 나는 더는 참지 못하고 탄성을 지른다. 내 탄성이 메아리친 것처럼 친구들의 탄성이 들려온다.

매가 꿩을 물고 떨어지면 그곳을 찾아 나선다. 어른들은 예닐곱 명이 매사냥에 나가기에 매가 떨어진 자리를 보는 배꾼이 따로 있지만 우리에게는 없다. 보라매와 꿩을 찾아 모두 함께 솔밭을 헤치고 다녀야 한다. 어렵사리 찾아내서 보면 보라매가 꿩을 반쯤 먹어버린 적도 많았다. 그렇다고 친구 한 명이 배꾼으로 나설 수는 없다. 털이꾼이 단 한 명이면 도저히 꿩과 토끼를 몰 수 없기에.

배꾼을 두지 못한 채 우리는 사냥을 이어나갔다. 셋이서 매가 내린 데를 찾아갈 때 우리는 한마음으로 내달렸다.

할아버지는 돌아가셨고 마을에 새마을운동이 시작됐다. 논에는 수확량이 많은 벼를 심어야 했고 밭에다는 목돈을 만드는 담배를 길러야 했다. 마을 사람들은 돈맛을 알았다. 갈수록 돈이 되는 일에 매달렸다. 돈맛을 더 보려고 도시로 떠났다. 우리 가족도 아버지 결정에 따라 서울로 이사했다. 나는 이사하기 전에 수진이를 마을 뒷산에다 놓아주었다. 할아버지 산소에 가서 절했다.

금강 변에서 한강 변으로 옮겨온 이후 다시는 고향에 가지 않았다. 매사냥을 할 수 없는 곳은 고향이 아니었기에.

나는 서울에서 직장에 다녔고 결혼을 했으며 아들과 딸을 두었다. 집안과 회사에서 엎치락뒤치락하고 살다 보니 중년에 이르렀다. 돈과 시간에 약간의 여유가 생겼다. 매사냥이 생각났다. 자꾸만.

나는 모처럼 휴가를 얻어서 몽골에 갔다. 내가 보고 싶은 건 고비사막이나 홉스굴 호수가 아니었다. 초원 위의 사냥매였다. 한반도에서는 멸종했다고 해도 무방한 사냥매가 거기에는 많다고 들었다.

물론 사냥매는 몽골에만 있는 건 아니다. 아랍에 많다. 왕족들이 다수의 사냥매를 소유하고 있다고 알려져 있다. 아랍은 매사냥이 시작된 곳이어서 그 전통이 지켜지는 것일까? 그렇든 아니든 왕족의 사냥매를 일반인은 볼 수 없다. 유럽에서도 매사냥은 이뤄진다. 프랑스, 이탈리아, 독일, 오스트리아 같은 나라에 매사냥 클럽이 있다. 당연한 얘기지만 클럽 회원이 아니면 매사냥에 갈 수 없다. 동유럽 쪽의 매사냥에 관해서는 알지 못하는데 —내게 알려지지 않았을 뿐 존재할 거라고 여기는데— 중앙아시아 쪽에 관해서는 좀 안다. 그곳에서는 매가 드물어서 독수리로 사냥을 한다. 몽골에서는 매와 독수리를 둘 다 이용한다. 내가 듣기로 몽골 서쪽은 검독수리로, 동쪽은 매로 사냥을 한다고 한다.

몽골에 여행을 가서 나는 매사냥할 곳을 찾아 나섰다. 울란바토르 인근에 관광객에게 돈을 받고 말과 매를 빌려주는 곳이 있었다. 매사냥이라기보다는 관광용 프로그램이었지만 나는 바로 달려들었다.

사냥매는 세이커 매였다. 이 매는 요즘 몽골에서도 쉬 만나기 힘들다. 한반도에서는 거의 볼 수 없다. 물론 한반도에서는 다른 매도 만나기 어렵다. 지금과 달리 옛날에는 매사냥이 성행했고 매 그림이 흔했다. 조선의 매 그림 가운데서 나는 장승업의 「호취도(豪鷲圖)」를 좋아한다. 그림은 제목 그대로 매를 호쾌하게 그렸는데 두 마리 매가 한 방향을 보고 있다.

나는 돈을 지불하고 매와 말을 빌렸다. 말을 타고 가면서 왼팔을 내밀자 매가 날아올랐다. 정해진 언덕을 돌아다니면서 토끼를 잡고 새를 잡았다. 말은 천천히 달리게 돼 있었고, 매는 사냥감을 보면 날게 돼 있었으며, 토끼와 새는 잡히게 돼 있었다. 예외는 없었다. 나는 정해진 시간이 반 넘어 남아 있었으나 매사냥을 그치고 매를 돌려주었다.

몽골 초원을 몇 군데 들르고 나서 서부 접경지역까지 갔다. 하늘엔 구름 한 점 없었다. 몽골인들이 '영원히 푸르른 하늘'이라고 말하는 하늘이 이런 게 아닌가 싶었다. 그 하늘에 작은 점이 생겨났다. 점은 조금씩 커졌고 나중에 세이커 매가 됐다. 나는 가이드에게 매사냥을 할 수 있는지 알아보라고 했다. 가이드가 데려온 사내는 검독수리를 지니고 있었다. 검독수리 깃털은 꾀죄죄했고 사내는 지저분했다. 둘이서 동물 사체를 뜯어먹다가 온 몰골이었다. 사내는 카자흐스탄에서 온, 검독수리 조련사 겸 사냥꾼인 베르쿠치였다. 검독수리와 사냥을 하게끔 지도해주겠다고 말했다. 나는 사내에게 지도까지 받고 싶은 맘은 없었다. 검독수리를 데리고 사냥하고 싶었다. 잡히게 돼 있는 토끼와 새가 아니라 잡히지 않으려고 하는 여우를 사냥하면, 어릴 적에 했던 매사냥 느낌이 나겠지. 나는 검독수리를 빌려주면 돈을 주겠다고 했다. 사내가 거부하자 나는 아예 팔라고 했다. 고액을 제시했다. 사내는 날 보고 있다가 말했다. 친구를 팔 수는 없다.

알타이산맥의 북쪽을 지날 때 가이드가 여러 번 산맥을 가리켰다. 그는 신라의 김알지를 말하면서 알지는 알타이라고 했다. 신라 왕족이 알타이에서 비롯했다고 말했다.

가이드가 알타이산맥에서 채굴하는 금을 얘기했다. 나는 금에는 관심이 없었으므로 알타이산맥 위의 하늘을 보았다. 몽골 하늘은 지평선 위에다 두고 보아야 하는 것이지만 산맥 위의 것도 그런대로 맛이 있었다. 산맥 위의 하늘에 까만 점이 생겨나서 조금씩 커졌다. 검독수리 같기도 하고 세이커 매 같기도 했다.

나는 하늘을 보며 중얼거렸다. 너는 내 친구야.

정한초는 켄샨 언덕의 밑에 이르렀다. 말에게 풀을 먹게 하고 케토르에게 고기를 주었다. 그는 안장에서 풀어낸

털 담요를 바닥에다 깔았다. 군용 침낭을 본떠 만든 양털 침낭도 내려놓았다.

눈앞의 초원에 어스름이 끼었다. 어느 순간 어스름이 짙어졌다. 어스름은 위에서 내려오고 아래에서 솟아나고 옆에서 밀려오는 것 같았다. 초원에 밤이 오고 있었다.

초원의 밤은 고유한 색깔을 지킨다. 싹이 돋는 봄, 풀의 계절인 여름, 바람에 풀잎들이 몸을 뒤척거리는 가을, 눈이 덮인 겨울, 그 계절에 따라 초원의 밤에는 고유한 색깔이 있다. 밤새워 보아도 그 색깔은 거의 변하지 않는다.

초원의 낮은 다르다. 색깔이 바뀐다. 봄이면 한나절이 다르게 초원에 풀빛이 차오른다. 비가 내린 후 마른 호수에 물이 차오르듯이 그렇게. 비바람 치는 여름에는 풀 냄새와 거기 섞인 꽃향기가 피어오른다. 햇살이 드리워지면 초원은 초록으로 타올라서 그 불길이 하늘과 태양까지 집어삼킬 듯하다. 정말 그런 일이 벌어질지 몰라서 구름은 그림자를 내려 초원이 초록의 불로 타오르는 걸 막는다. 향기를 뿜어내는 꽃은 초원에 다른 빛깔을 더한다. 꽃향기에 취한 남녀가 초원에서 몸을 섞는 여름은 어느 틈에 지나간다. 남녀가 깔고 누운 풀에 찬 이슬이 내리고 그렇게 가을이 온다. 임과 헤어진 젊은이의 노래처럼 마음을 에는 초원의 가을바람 소리. 회색으로 누워 있으면서 점점 더 빛깔을 잃어가는 언덕. 그것이 안타까운지 하늘은 눈을 내려준다. 눈이 내리면 사방은 뿌옇게 변하지만 잠시 후 햇빛이 나면 초원에는 눈으로 된 자디잔 비늘이 반짝인다.

야우호이는 매사냥을 그에게 알려줄 때 초원의 밤을 말했다. 초원의 낮은 순간순간 색깔이 변하지만 밤은 한 색깔을 지니고 있어. 초원의 밤은 매사냥꾼에게 말해주지. 쉽게 변화하지 않는 것도 있다는 걸.

정한초는 초원의 낮을 더 좋아한다고 했다. 역시 낮이죠. 움직임과 색깔이 다양하니까요. 야우호이는 초원에서는 밤이 앞선다고 했다. 낮이 있고 그 후에 밤이 오는 게 아니야. 불변의 밤이 앞서고 변화의 낮이 뒤따르지. 이걸 되새기기 위해서라도 때때로 초원에 나가서 밤을 새워 볼 일이야. 나는 매사냥을 나가 어둠이 다가오면 옷깃을 여미고 밤을 경건하게 맞아. 어떤 이들은 아침 해를 맞을 때는 자세를 가다듬으면서도 밤이 오는 것은 외면하지. 밤도 낮만큼이나 사람에게 소중해. 아니 더 소중해. 밤은 쉽게 변하지 않는 게 있다는 걸 알려주는 시간이기에. 자네에게 말해주고 싶어. 아침의 태양을 맞는 일이야 조금 소홀히 할 수 있다고 하더라도 밤을 맞는 일을 결코 그래서는 안 된다고. 쉽게 변하지 않는 걸 귀하게 여길 수 있을 때 비로소 삶이라고 할 수 있어. 변화에만 매달리고 있다면 그것은 삶이 아니지.

초원에서 별을 보고 있으면 말이지, 하늘 저 위로 날아오르는 기분이 들어. 내 마음은 하늘로 날아올라 바람을 받아들이지. 마음이 넓어져. 지평선에서 지평선으로 이어지는 드넓은 초원이라야 풀어놓을 수 있는 그런 넓은 마음. 몽골 사람들이 예라옹곤이라고 부르는 초원의 혼이 바로 이런 거라고 여겨지는 그런 넓은 마음. 그런 마음이 되면 감사의 기도를 올려. 생명을 이어가게 해준 하늘과 풀밭에 감사해. 들판에 있는 혼령들에게도 지켜주어서 고맙다고 두 손을 모으고. 그 후에는 얘길 해. 나 자신이나 가족을 마음에다 불러내서 얘길 하는 거지. 내 영혼이 하고 싶은 말을 남김없이 다 해. 물론 친구나 주위 사람과도 얘길 하고. 이때는 즐거운 일을 화제로 삼아. 자네한테도 얘길 한 적이 몇 번 있었어. 자네가 어느 날 밤에 유난히 잠이 오지 않았다면, 자꾸만 창밖의 별에게 눈길이 갔다면, 그때가 바로 내가 자네한테 얘길 한 때였겠지. 혼자서 얘기만 하는 건 아니지. 노래도 불러. 집에서 아버지와 함께 부르던 한반도의 노래들 말이다. 내 아내는 한국말을 잘 모르지만 몽골 노래를 많이 불러서인지 한국의 유행가도 곧잘 불러. 몽골과 한국이 수교하여 두 나라 사이에 왕래가 늘어난 이후에는 한국 유행가들이 라디오에 나오기도 해. 아내는 거기서 유행가를 배웠어. 아내가 잘 부르는 유행가를 나도 부르지.

정한초는 매사냥을 나가 초원에서 밤을 보낼 때 기도를 하거나 노래를 부른 적은 없었다. 오늘의 피로를 풀고 내일을 대비하려고 잠을 잤다.

초원 위에 별밭이 생겨났다. 한반도에서 철책을 지킬 때도 별을 보곤 했다. 그때가 자꾸 떠오르자 그는 침낭에 들어가서 눈을 감았다. 초원을 쓸어가는 바람 소리가 들려왔다.

정한초는 꼭두새벽에 침낭에서 나왔다. 말은 근처에서 되새김질하는 중이었고 케토르는 떨기나무 가지에 앉아 있었다. 그는 물을 마셨으나 마른고기는 먹지 않았다. 매사냥을 나가는 아침에는 아무것도 먹지 않는다. 사냥 나가면서 배를 채우는 게 아니다. 매에게는 먹이를 주지 않는다. 한 줄기 바람을 들이쉬어 가슴을 부풀린 후 말을 타고 아침놀이 번진 들판을 훑어간다. 풀숲에 있는 토끼가, 언덕 위의 여우가 도망친다. 도망치는 게 둘일 때는 매의 눈가리개를 풀지 않는다. 한 마리가 숨고 나머지 한 마리만 보일 때 눈가리개를 풀어준다.

한 마리만 남는 걸 기다리다가 두 마리 다 시야에서 놓칠 수 있다. 그게 두려워서 토끼 두 마리가 다른 방향으로 도망치는데도 매의 눈가리개를 풀어놓은 적이 있다. 토끼 한 마리를 잡기는 했지만 곧바로 반성했다. 이것은 사냥이 아니라고. 눈에 보이는 것을 다 잡으려고 하는 것은 전략이 없는 욕심일 뿐이다. 사냥은 욕심이 아니다. 그것은 내가 잡고자 하는 그 하나를 분명하게 잡는 행위이다. 그걸 잡으려고 내달리는 동안 옆에서 다른 게 나타나도, 그것이 더욱 탐스럽고 빛깔 좋은 사냥감이라고 해도 눈길을 돌리지 않는 게 사냥꾼의 자세이다. 사냥은 정해진 일을 완성해내는 것. 한 번 시작하면 끝까지 가야 하는 것. 행군과 닮았다. 중도에서 멈추는 건 행군이 아니다. 그곳이 어디든 기어이 도달하는 게 행군이다.

사냥감을 정한 후에 그쪽으로 매가 앉아 있는 왼팔을 들어 올린다. 이제야 눈가리개를 풀어준다. 오랜 시간 닫혀 있던 그의 시선이 열리는 순간이다. 그는 앞을 본다. 도망치는 사냥감을 발견한다. 눈이 빛을 발한다. 아침 해가 우리 눈에 드는 것은 밤의 어둠이 길었기 때문이듯이 매의 빛나는 눈빛은 가려진 눈가리개에서 온다.

팔뚝 위에서 그는 날아오른다. 처음 날갯짓이 만들어내는 그 바람. 초여름의 초원에서 불어오는 듯이 결이 힘찬 바람. 날갯짓은 거칠어지고 바람은 거세진다. 그 바람을 뚫고 매는 날아오르면서 사냥감으로 고개를 돌린다. 눈은 번뜩이고 다문 부리는 햇빛을 받아 반짝거린다.

방향을 잡은 매의 비행. 그 힘차고도 빠른 비행을 어디에다 비유해야 할까? 칭기즈칸 기마대가 언덕에서 아래쪽 적군을 향해 진격하면서 내던지는 창과 같다고 하면 될까? 그래, 사냥감으로 날아가는 매는 화살보다 창에 가깝다. 화살에서는 창이 지닌 묵직한 힘이 느껴지지 않는다. 화살은 바람을 뚫고 가는 소리를 날카롭게 내지만 창은 속으로 끌어들이는 신음처럼 둔탁한 소리를 낸다. 창은 소란스럽지 않다. 목표 지점에 닿으면 폭발해버리기 위해 모든 것을 속에다 끌어안고 있는 듯한 압축이 느껴진다.

사냥감에 이르기 전에 매는 발을 내민다. 오므리고 있던 발가락을 쫙 편다. 발톱이 번뜩인다. 바람결마저도 잡아버릴 듯한 발톱. 그걸 보고 있으면 숨이 턱 막힌다.

발톱으로 사냥감을 찍어 누르는 그 순간. 위로 펼쳐진 날개의 당당함. 앞으로 뽑아낸 목과 다문 부리에 팽팽하게 감도는 긴장감. 내뻗은 다리가 드러내주는 힘.

토끼든 여우든 잡힌 들짐승은 즉시 가죽을 벗긴다. 식으면 지방분이 굳어서 가죽이 벗겨지지 않는데 억지로 벗기려 들면 여기저기가 찢어진다. 즉시 벗겨야만 가죽이 온전하다. 가죽이 벗겨질 때 들짐승의 살덩이에서 뜨거운 김이 솟는다. 붉은 피가 흐르는 살을 칼로 잘라서 몇 점을 먼저 먹는다. 매에게 살과 내장을 준다.

정한초가 케토르를 향해 왼팔을 내밀고 휘파람을 불었다. 케토르가 날아와서 그의 왼팔에 앉았다. 그는 간자말에게 소리쳤다.

"가자."

*

몽촌토성의 마른 풀밭에 비둘기들이 앉아 있었다. 이숙희는 어릴 적에 공원에서 비둘기에게 먹이를 주었다. 지금은 유해조류여서 먹이를 주지 않는다. 그러거나 말거나 비둘기는 살아 있다. 사람들이 오가는 길거리에서 이리 쫓기고 저리 쫓기면서도 죽지 않는다. 가늘디가는 다리처럼 가늘게 살아간다.

비둘기는 눈이 작다. 깃털 색깔은 각각 달라도 눈은 똑같이 작다. 보일 듯 말 듯 하다. 어떻게 보면 씨앗 같다. 달리 보여도 작은 건 마찬가지다. 눈이 작은 이 새를 사람들은 평화의 상징으로 삼고 있다.

어떤 사람이 과자 부스러기를 내뿌리자 비둘기들이 우르르 몰려들었다. 사람도 살기 힘든 서울에서 비둘기들이 살아남은 건 눈이 작기 때문인지도 모른다. 오직 먹이만 볼 수 있게 작아진 눈.

예전에 남편은 비둘기(피전)를 잡으러 사격장에 갔다. 트랩에서 산탄으로 클레이 피전을 잡으면서 일등사수임을 은근히 자랑했다. 클레이 피전은 진흙으로 만든 접시여서 비둘기와는 전혀 다르게 생겼다. 트랩 사격에서 초창기에 비둘기를 날리다가 그걸 진흙 접시로 대체했지만 비둘기란 이름은 그대로 썼다. 남편은 비둘기가 아닌 비둘기를 산탄으로 박살 냈다.

이숙희가 남편에게 물었다. 부대에서 실탄 사격까지 하면서 여기서 왜 트랩 사격을 하느냐? 휴일에는 이런 사격장 말고 백화점에 쇼핑하러 가면 안 되느냐? 날씨가 좋으니 야외로 놀러 가지 않겠는가? 그녀의 질문은 엉성한 탄착군을 형성했지만 남편의 대답은 정밀한 탄착군을 형성했다. 부대에서는 고정된 표적지를 엎드려 쏴 자세로 조준해서 쏘지만 여기서는 날아가는 클레이 피전을 잡아. 클레이 피전 사격에서는 표적지의 탄착 같은 흔적이 없어. 피전을 박살 내느냐 그러하지 못하느냐, 하는 명확한 구분만 있지. 트랩 사대에 선 사수는 산탄으로 화망을 구성해 피전을 쫓아. 피전은 시속 80km 이상으로 날기에 화망을 쉬 벗어나지. 사수는 날아가는 피전을 잡기 위해서 매의 눈을 지니고 있어야 해. 나는 부대 안에서처럼 밖에서도 매의 눈을 지니고 있어야 한다는 걸 잊지 않으려고 트랩 사격을 해. 왜 밖에서도 매의 눈을 가져야 하느냐고 그녀가 물었다. 남편이 바로 대답했다. 홍진기의 말을 빌리자면 별은 부대 밖에서 뜨거든.

남편은 트랩 사대에 계속 섰고 점수는 사격 선수에 육박했다. 트랩만이 아니라 스키드에서도 주위 사람들을 압도했다. 이숙희도 사격을 하게 됐다. 그녀는 아메리칸 트랩도 버거웠다. 나는 아무래도 매의 눈을 지니지 못했나 봐. 비둘기의 눈은 지니고 있는 듯하지만.

비둘기에는 집비둘기와 산비둘기가 있다. 집비둘기는 색깔이 여럿이다. 사람들이 이런저런 비둘기를 교배시켜서 그렇게 만들었다. 산비둘기의 색깔은 매와 비슷하다. 매한테 잡혀 먹히면서 왜 그 털빛을 닮고자 한 것일까? 그런 의문을 남편한테 털어놓은 적이 있었다. 남편이 바로 대답했다. 매가 비둘기 털빛으로 위장한 거야. 군수산업체의 제안서 표지에 평화를 상징하는 무늬가 들어 있는 것처럼.

사람들은 초겨울 햇볕을 맞으며 길을 따라 파워 워킹을 하고 이숙희는 마른 잔디밭에 서 있었다. 몽촌토성은 88서울올림픽 때 공원으로 정비됐는데 그녀는 가족과 이곳에 오지 못했다. 남편이 놀러 가겠다는 약속까지 하고도 시간을 내지 못한 거였다. 일요일이라고 해서 장교가 쉬는 게 아니었다. 비상이면 근무해야 했고 평시면 여기저기에 인사를 다녀야 했다.

남편은 가족과 몽촌토성에 놀러 가지 못한 걸 두고 사과했다. 말끝에 몽촌토성과 같은 토성이 고향에도 있다고 했다. 멀리 남해가 보이는 곳에 있는데 백제 때 만들어진 것이래. 중학교 때 친구들과 그곳에 몇 번이나 놀러 갔어. 이숙희는 토성 아닌 석성을 쌓았어야 했다고 말했다. 그게 제대로 된 성이니까. 남편은 토성이 맘에 든다고 했다. 토성이란 건 삶터의 주위에다 흙으로 성벽을 쌓았다는 거지. 왜 흙으로 쌓았느냐? 사람들은 성벽이라고 하면 곧바로 전쟁을 떠올리는데 성벽이 싸움을 위해서만 존재하는 게 아니야. 나와 잔정을 나누고 밥을 함께 먹은 사람들이 사는 곳을 감싸 안은 울타리이기도 해. 이런 울타리를 꼭 돌멩이로 만들어야 할까? 여름에 풀빛이 곱고 겨울에 흰 눈이 소복하게 쌓이는 토담이면 어떨까? 그래, 삶터의 울타리로는 토담이 좋아. 이런 토담을 두르고 있는 게 바로 토성이지. 그렇게 토성을 좋아했던 남편은 이 몽촌토성에 오지 못했다.

이숙희는 휴일을 맞아서 몽촌토성을 한 바퀴 돌 맘으로 여기에 왔다. 길을 따라 가지 않고 풀밭에 머물러 있다. 저 멀리 북한산이 보이고 그녀가 남편과 올랐던 백운대도 보였다. 여기서는 백운대보다는 인수봉이 더 뚜렷하게 보였다. 백제의 시조인 비류와 온조가 올랐다고 여겨지는 곳.

남편은 그녀와 백운대에 올랐을 때 한강 가의 어느 곳이 성을 세우기에 좋은 위치인지 비류와 온조처럼 따져 보았다. 그런 남편을 보고 그녀가 말했다. 백제의 몽촌토성과 풍납토성은 수도의 성이야. 당신 고향에 있다는 그런 변방의 성이 아니라고. 삶터의 울타리가 아닌 수도를 지킬 방어벽이 돼야 해. 그런데 돌멩이가 차곡차곡 쌓인 석성은 견고한데 흙으로 쌓은 토성은 그렇지 못해. 수도를 지킬 수 없어. 이걸 알았을 텐데도 왜 백제인은 토성을 쌓은 걸까? 남편은 그 이유를 알 만하다고 했다. 내가 시골에서 자라서 아는데 토담이 돌담보다 오히려 더 오래 버텨. 돌담은 밑에서 돌멩이 몇을 빼내면 와르르 무너질 수 있지만 토담은 밑에서 모래와 흙을 웬만큼 파내도 거뜬하거든. 말하자면 북한산성보다 풍납토성이 더 견고해. 이숙희가 믿지 못하겠다는 표정을 짓자 남편이 말을 이었다. 임진왜란 당시 왜군과 싸워 이긴 3대첩 가운데 행주대첩이 있잖아? 당시 조선군은 행주의 토성에 의지해 싸웠어. 조선군 삼천 명이 왜군 삼만 명에게 승리한 요인으로 화차라는 무기가 첫 번째로 얘기되지만 이 토성도 큰 역할을 했지. 토성이 견고하지 않았다면 어떻게 이겨냈겠어? 당신이 뭐라고 해도 토성은 석성보다 약해.

남편의 여름휴가 때 시댁에 갔다. 시간을 내서 남편과 함께 인근의 토성을 찾았다. 거기로 갈 때 남편과 한마을에서 자랐고 국민학교에서 중학교까지 동창인 채순애가 동행했다. 이숙희는 흔적이 남아 있는 둥 마는 둥 하는 토성에 실망했다. 풍납토성은 잡초가 난 냇둑 같아서 볼 게 없는데 북한산성은 잘 쌓은 석성이어서 볼품이 있다고 했다. 남편은 동의하지 않았고 채순애도 그랬다.

남편과 채순애는 석성과 토성을 가지고 얘길 했다. 채순애가 남편한테 말했다. 백제가 수도로 삼았던 곳을 조선이

다시 수도로 삼았어. 백제는 한강 이남에다, 조선은 한강 이북에다 궁궐을 지었지. 그러고 나서 백제는 토성을 쌓았고 조선은 석성을 쌓았어. 토성은 두루뭉술해서 멋을 품지. 석성은 각이 져서 권위를 드러내. 석성은 권위를 위해 필요했어. 이런 권위는 물론 멋보다 훨씬 더 하찮은 것이지.

조선의 석성을 얘기하다 보니 이성계가 화제에 올랐다. 채순애가 이성계를 얘기했다.

이성계는 고려의 무장이었지. 무장이었던 사람이 권력을 잡자 정치가로 변신했어. 해방 이후 한반도에서 군인들이 그랬던 것처럼. 이성계는 나라를 위하는 척하면서 자신의 길을 갔어. 권력을 지키기 위해서. 이것은 예나 지금이나 이어지는 짓거리이지. 이성계는 명나라 정벌에 나서면서 위기를 맞았어. 승리하지 못하면 죽음인데 그 승리는 거의 불가능했지. 그는 권력을 지키기 위해서 위화도에서 회군했어.

이성계의 위화도 회군은 율리우스 카이사르의 루비콘 도강에 비할 수 있을 정도의 도박이었지. 사실 두 장군에게 승리가 보장된 것은 아니었어. 둘 다 전쟁에서건 정치에서건 쉽지 않은 상대를 적으로 삼아야 했는데 카이사르에게는 폼페이우스가, 이성계에게는 최영이 있었거든. 하긴 언젠가는 싸우지 않으면 안 될 숙명의 라이벌이기도 했지. 이기면 탄탄대로가 보장되지만 지면 영영 재기가 불가능한 그런 라이벌. 카이사르는 갈리아 지방 싸움에서 승승 장구했지. 소전투에서 몇 번 밀리기도 했지만 전체적으로 보면 큰 승리였어. 카이사르는 승리한 군대의 장군이었기에 주사위는 던져졌다면서 루비콘강을 건너 폼페이우스와 싸우기 위해 로마로 진격할 수 있었어. 이성계도 그런 군대의 장군이었기에 위화도에서 개경으로 회군할 수 있었는가? 당시 이성계는 중원 정벌에 나선 상황이었지. 그는 황산을 비롯한 여러 곳에서 고려를 침범해온 왜구를 물리치면서 휘하 병력을 잘 단련시켜 놓았지만 중원 정벌에 나서기에는 턱없이 부족한 병력이었어. 왕에게 올린 글에서 '작은 나라가 큰 나라를 거스를 수 없다.'는 말로 병력의 열세를 공공연히 드러낸 바 있어. 이 정도는 최영도 알았겠지. 그럼에도 불구하고 최영은 중원 정벌을 주도했어. 왜? 그는 내심으로 이성계가 중원으로 들어가 죽기를 원했겠지. 아무튼 이성계는 중원 정벌에 나섰어. 그는 막료들과 병사들이 동조해준다면 중원 정벌을 중도에서 그만두고 개경으로 돌아가 최영을 위시한 정적을 제거하고 싶었겠지. 그렇다고 그걸 막료에게 부추길 수는 없었어. 어느 막료가 최영의 끄나풀인지 알 수 없는 상황에서 입을 잘못 열었다가는 반역으로 몰려 일족이 몰살당하니까. 이성계는 어쩔 수 없이 진군했고 위화도에다 진을 쳤어.

여기서 우리가 눈여겨보아야 할 것은 바로 위화도의 위치야. 명나라 들머리에 있는, 압록강 가운데의 섬. 명나라 들머리에 이르렀으니 병사들은 도망쳐버리고 싶은데 드넓은 강물을 건널 수 없지. 위화도에 갇힌 병사들은 정벌에 나서면 죽을 거라는 걱정에 휩싸여. 이성계 휘하의 지휘관들도 절망이 깊어져. 우리를 이렇게 만든 놈이 누구냐는 말이 나왔어. 최영이 바로 그놈이라는 말도 나왔고. 못 들은 척하고 있는 이성계. 분위기는 점점 험해져서 반란이 일어날 기세야. 군영의 흉흉한 기운을 느낀 막료들이 이성계를 찾아. 어떻게 하면 병사들을 안정시킬 수 있는가? 이성계는 잘 모르겠다고, 더 숙고해 보겠다고 했겠지. 그렇게 시간을 벌면서 그는 기다렸어. 막료와 병사들에게 듣고 싶은 말이 있었거든. 그 말은 무엇인가? '명나라로 쳐들어가면 죽는다. 창끝을 돌려 개경으로 돌아가서 임금의 지혜를 흐리게 만든 최영을 처단하면 만고의 충신이 될 수 있다.' 대략 그런 것이었겠지. 막료 한 명이 이성계에게 개경의 간신을 처단하고 충신이 되자는 뜻을 내어놓지. 그의 말을 이성계가 나무라지 않자 다른 막료들도 나서서 개경으로 가자고 해. 살길이 있다는 걸 알아차린 거야. 그냥 살길에서 그치지 않아. 한자리 차지할 수 있어. 상황은 이성계가 원한 대로 흘러가지. 막료들이 개경으로 돌아가자고 공공연하게 떠들어. 병사들이 동조해. 시간이 지나자 개경으로 가지 않으려고 하는 자가 있다면 처단해야 한다는 주장이 위아래에서 터져 나와. 위화도는 명나라 들머리가 아니라 고려 들머리로 여겨지게 돼. 그 들머리에서 이성계는 회군해. 그는 외부로 향했던 칼끝을 내부로 향한 후에 압록강을 건너가 고려를 없애고 한강 가에다 조선을 세워.

이런 이성계처럼 훗날 조선에는 칼끝을 내부로 돌린 무장들이 많았어. 그렇지 않은 자들로 이순신, 남이 등등을 꼽을 수 있지. 하지만 이들 역시 내부에서 오는 칼끝을 피하지 못했어. 조선의 수도는 일제 강점기, 미군정, 남북 분단을 거쳐 한국의 수도로 변했어. 외부에서 온 칼끝이 이 도시를 난도질하는 동안 내부의 칼끝이 수그러든 적은 없었지. 오히려 더 날카로워졌지. 외부의 칼끝을 막기 위해서 내부의 적을 없애야 한다는 게 그 이유였어. 내부로 향한 칼끝이 번뜩이는 가운데 서울은 커나갔어. 시멘트를 섞은 모래로 길을 내고 아파트를 지었지. 서울에서 가장 흔하게 만날 수 있는 건 모래였어. 모래에 익숙한 사람들이 중동의 사막으로 진출해서 오일 달러를 벌었고. 오일 달러가 서울에 흘러들어 왔을 때 아파트들이 높이 솟았어. 백제의 토성은 조선의 석성으로 변했고 그것은 근래 들어 콘크리트 성으로 변했지. 아파트를 두고 콘크리트 성이라고 말하는 게 맞지 않는 것 같다고? 아파트를 봐. 성벽의 일부처럼 생겼어. 물론 이어진 건 아니고 토막 난 성벽이지. 유구한 역사를 지닌 서울의 현재 성은 콘크리트 성이야.

채순애가 말한 그 콘크리트 성에서 이숙희는 살아가고 있다. 남편도 그 어디에선가 살아가고 있다는 느낌이 든다.

어제는 홍진기 대령에게 전화를 걸었다. 그가 통화하는 걸 원치 않는다는 걸, 남편의 생존을 말하면 바로 전화를 끊는다는 걸 알고 있었으므로 안부만 물었다.

"대령님, 건강하시죠?"

"무슨 일 있나요?"

"건강하신지 궁금해서요."

"어떤 기관에서 연락이 왔나요?"

"그런 건 없어요."

"없는데 왜 내게 전화를?"

"…죄송합니다."

이숙희는 앞으로 홍진기 대령에게 안부 전화를 하지 않기로 했다. 시어머니의 장례를 치를 때 맘먹은 일이었다. 당시 그는 장례식에 오지 않았다. 부하를 시켜 조의금만 냈다. 봉투에는 그가 남편과 친구임을 나타내는 말은 없었다. 그가 군인이라는 걸 드러나게 하는 직함도 없었고. '홍진기' 단 세 글자만 적혀 있었다. 말하자면 그것은 친구나 군대 동료로서 조의금을 내는 게 아니라는 뜻이었다. 전에 자신의 어머니 장례식에 정한초라는 사람이 조의금을 냈으니까 같은 금액으로 갚는다는 의미였다. 그걸 알고서 앞으로 홍진기에게 전화하지 않기로 맘먹었는데 어제 하고 말았다. 그가 한미연합사의 대령이니까, 예전에 기무사령부 정보부서에 있었으니까 남편의 실종에 관해 뭔가 알아봐주었으면 하는 바람이 그걸 부추겼다.

그런 바람을 예전에 남편의 고향 친구인 채순애에게도 말한 적이 있었다. 채순애는 알아봐주겠다고 했으나 그 후로 연락이 없었다. 어제 이숙희는 채순애에게 전화를 걸었다.

"건강하시죠?"

"정치가는 머리가 건강해야 하는데 몸만 건강합니다."

"채순애라는 정치가는 몸보다 머리가 더 건강한 분이라고 알고 있는데요?"

"내 홍보 전략이 그런대로 먹혀들고 있는 모양이네요."

이숙희는 앞자리를 길게 끌고 싶지 않았다.

"남편의 실종에 관해 알아보셨어요?"

"네."

"생존 가능성이 있나요?"

"가능성은 있지요."

채순애의 말이 립서비스인지, 어떤 사실에 근거해서 하는 말인지 이숙희는 판단할 수 없었다. 전화여서 상대방 표정을 알 수 없다는 것도 판단을 어렵게 했다.

"가능성은 있다?"

"만약 그가 살아 있다고 해도 그 스스로 귀환을 거부할 수 있어요."

"설마?"

"예전에 병자호란 때 청나라로 끌려간 여자들이 있었어요. 그녀들은 고생고생해서 돌아왔어요. 환향녀인데 그게 화냥년으로 변했어요."

"그는 끌려간 게 아니잖아요?"

"한반도에 살다 보면 어느 쪽으로 끌려가게 됩니다. 그렇게 되지 않기는 힘들지요. 어떤 사람들은 어느 쪽으로도 끌려가지 않으면서 살려고 하지요. 이런 사람이 늘어나서 과반이 되면 한반도는 내적으로 통일이 되는 거지요."

채순애는 전화를 끊었고 이숙희는 중얼거렸다.

"화냥년으로 불릴 거라면 돌아오지 않는 게 낫지."

이숙희가 몽촌토성에서 나와 버스 정류소로 갔다. 용산으로 가는 시내버스를 탔다. 빈자리가 없어서 서 있는데 바로 앞의 자리에서는 젊은이 한 쌍이 몸을 붙이고 앉아 있었다.

시내버스가 집 인근에 이르렀다. 이숙희가 시내버스에 내렸다. 계속 서서 왔던 터라서 다리가 퍽퍽했다. 집으로 가다가 잠시 쉬려고 근린공원으로 갔다.

게이트볼장 옆의 쉼터로 가서 벤치에 앉았다. 벤치에 낙서가 많았다. 'H와 K 여기서 사랑을 확인'과 같은 평범한 구절이 있다. 그 옆에는 좋아하는 가수나 배우 이름을 적은 더 평범한 게 보인다. 낙서에는 이런 것도 있다. '김과 조가 다녀감.' 'A와 M이 다녀감.' 그녀는 '다녀감'이란 말은 젊은 이가 아닌 노인들이 써야 하는 것 아닌가 하고 생각했다.

게이트볼장이 소란스러웠다. 노인들끼리 말다툼을 벌이는 건 아니었다. 작업복을 입은 인부 셋이 노인들한테 둘러싸여 있었다.

평소와 다른 일이어서 이숙희는 무슨 일인가 하고 쉼터에서 게이트볼장으로 갔다. 헌팅캡을 쓴 할아버지가 인부들을 앞에 두고 연설하고 있었다. 그의 몸집은 물 먹은 하마까지는 아니고 반쯤 먹다 멈춘 하마이다. 목소리는 물을 과하게 먹은 하마가 내는 듯하다. 물이 함께 쏟아져 나오는 듯한, 분명하지는 않지만 힘이 많이 들어간 그런 목소리.

헌팅캡은 연설을 이어갔고 이숙희는 속으로 이런저런 생각을 거듭했다. 헌팅캡이 지난 세기의 60년대에 군대에서 젊음을 바쳤다고 했다. (젊음은 꼭 어디에다 바쳐야만 하는 걸까?) 그 시끄러운 칠팔십 년대를 묵묵히 헤쳐 왔어. (시끄러울 때 묵묵히 살았다는 말은 비겁했다는 말인데 자랑거리로 알고 있다.) IMF 때 후배들에게 길을 열어주려고 용퇴했고. (믿거나 말거나.) 이제는 건강 챙기면서 즐겁게 지내려고 해. (반은 믿을 만하다.) 이런 나를 왜 철조망을 없애느니 마느니 하면서 가만두지 않느냐고?

인부들이 게이트볼장의 울타리인 철조망을 제거하기로 결정한 것은 용산구청이며 자신들은 하청을 받아서 일을 나온 것뿐이라고 설명했다. 철조망 제거에 문제가 있으면 그쪽으로 가서 따지라고 덧달았다.

헌팅캡이 고함을 질렀다.

"너희는 연로한 부모도 없냐? 어르신한테 뭐 그쪽으로 가서 따져? 내가 똥개 새끼야? 이리 가라, 저리 가라, 하게.

내 말을 알아들었으면 니들이 가서 전해, 이 개새끼들아."

인부들 가운데서 가장 젊어 보이는, 삼십 대 초반의 남자가 얼굴을 찌푸렸다. 헌팅캡이 그 앞으로 갔다.

"네가 인상 쓰면 뭐 어쩔 건데? 연장으로 날 찌를래? 찔러 봐라, 찔러 봐."

헌팅캡이 점퍼를 벗어 던지고 인부들에게 삿대질을 했다.

"찔러 보라고, 상놈의 새끼들아. 나이 든 분들이 게이트볼장에서 조용히 운동하겠다고 하면 울타리를 더 튼튼하고 높게 세워주지 못할망정 뭐 없애? 없애기는 뭘 없애, 좆만 한 새끼들아."

한 할머니가 점퍼를 집어 들어서 먼지를 털었다.

"회장님, 옷 입으세요. 회장님 품격을 지키셔야죠."

할머니가 점퍼를 들이밀자 헌팅캡이 그걸 받았다. 그는 점퍼를 입고 나서 삼십 대 초반의 인부에게 다가갔다.

"이봐, 꺼져."

"일하러 왔다니까요."

"일 같은 소리 하고 있어. 당장 꺼져."

"이러시면 업무 방해입니다. 경찰을 부를 겁니다."

"뭐 경찰? 그래, 불러라, 불러. 용산구청장도 부르고 서울시장도 불러. 야, 부르라고. 내가 누군지 알아? 서울시장과는 선거운동 할 때부터 형님 동생 하는 사이야. 용산구 청장과는 같이 게이트볼도 했어. 전에 선거 때 여기 와서 나하고 게이트볼도 했다고. 게이트볼장에 필요한 건 뭐든 지원한다고 약속했고. 그래, 불러라, 불러."

근린공원 담당 공무원이 게이트볼장으로 왔다. 인부한 테서 상황을 대충 얘기 들은 공무원이 노인들 앞에 섰다.

"여러분, 저는 근린공원을 관리하는 구청의 공무원입니다. 전에 제가 안내문을 게이트볼장 철조망에다 게시해 놓았어요. 그거 보셨지요?"

노인들은 아무도 대답하지 않았다.

"그 안내문에다 왜 철조망을 철거해야 하는지 써놓았어요. 그 이유가 합당하지 않으면 전화해 달라고 전화번호까지 써놓았고요."

헌팅캡이 내쏘았다.

"그따위 안내문은 본 적이 없어."

"제가 안내문을 회원한테 주면서 회장한테 건네라고 부탁도 했는데요."

"받은 적이 없어."

"그러면 이 자리에서 간단하게 설명하죠. 철조망이 이렇게 있으면 우선 보기 싫잖아요?"

"뭐가 보기 싫어? 얼마나 보기 좋은데."

"철조망이 보기 좋다고요?"

"그럼. 안 그래?"

헌팅캡이 주위를 둘러보았다. 노인들이 고개를 끄덕였다.

"정말로 철조망이 보기 좋아요?"

공무원의 물음에 노인들이 이번에도 고개를 끄덕였다. 공무원이 어이없다는 표정으로 말문을 닫았다.

얼굴을 찡그리며 보고 있던 사십 대 남자가 나섰다.

"당신들이 보기 좋다고 해서 다른 시민들도 그런 건 아니죠."

헌팅캡이 남자를 쏘아보았다.

"뭐야, 넌?"

"난 시민이오."

"시민? 제기랄 뭔 시민?"

헌팅캡이 화난 고릴라처럼 주먹으로 가슴을 몇 번 치더니 점퍼를 벗었다. 헌팅캡 모자에 운동복 바지 차림이 됐다. 밀리터리 룩과 스포츠 룩이 뒤섞인 패션이었다.

"어이 잘난 시민, 뭘 어쩔 건데?"

"뭘 어쩌자는 게 아니라 철조망을 없애자는 얘길 하는 중이잖아요?"

"왜 제3자가 나서서 지랄이야, 지랄이."

헌팅캡이 갑자기 게이트볼 스틱을 들고 총검술을 시작했다. 차려 총, 찔러, 길게 찔러, 뒤로 돌아……. 이숙희가 보기에 총검술은 엉성했다. 병역을 필했는지 의심스러웠다.

"세상 조용히 살려고 했더니 별별 놈들이 다 건드는구나. 좋아. 좋다, 이거야."

헌팅캡은, 낯간지러운 핑계로 병역을 필하지 않은 자들이 애국심을 거론할 때처럼 목소리를 높였다. 이숙희가 헌팅캡의 점퍼를 주웠다.

"자, 받으세요."

헌팅캡이 찌르기 자세를 풀지 않고 이숙희를 노려보았다. 이숙희가 빨랫줄에다 빨래를 너는 것처럼 그의 스틱에다 점퍼를 걸쳐놓았다.

"옷을 내팽개치지 마세요. 여기는 당신의 안방 아닌 공원이잖아요?"

근린공원에서 나온 이숙희는 쓴 입맛을 달래려고 집 근처의 찻집으로 갔다. 어떤 차를 마실지 정하지 못한 채 창가에 앉았다. 창 너머로 아파트 숲이 보였다. 하늘이 아파트 건물 사이에 끼어 있었다.

여기 찻집은 가끔 들렀다. 옷가게에서 계약직 점원으로

일하다가 보풀처럼 가볍게 입을 놀리는 손님을 만났을 때 그 손님을 잊으려고. 퇴근길에 비라도 만나면 비를 그으면서 모처럼 여유를 가져 보려고. 찻집에서 일단 자리를 잡으면 들어올 때의 이유는 사라지고 주위의 사람들이 떠오른다. 아들이 돌아오면 텃밭의 목화로 만들어준 솜이불을 함께 덮으라는 말을 임종한 며느리한테 했던 시어머니, 장례식장에서 그 말을 듣고서 한참 울었던 친정어머니, 군대에 간 아들, 돌아오지 않고 있는 남편 등등.

옆자리에 앉은 여자들이 근린공원에서 본 유기견 얘길 했다.

"오늘도 근린공원에서 유기견을 봤어. 쓰레기통 옆에 케이지가 있더라고."

"개 버릴 때 케이지까지 버리는 사람은 드문데……."

"개를 버릴 때 케이지도 버리지 않나?"

"길거리나 근린공원에다 개를 내어놓고 케이지는 가져가."

"왜?"

"새로 사는 개한테 써먹으려고요. 데려올 때 그게 필요하거든. 나중에 그 개를 버릴 때도 필요하고."

옆자리에 앉은 여자들은 그녀보다 훨씬 더 젊었다. 아

이들을 유치원에 보낼 정도의 나이로 보였다. 그녀의 예상대로 여자들은 유치원 얘길 했다.

"아들놈 유치원 재롱잔치에 가면 언제 속상한지 알아? 애가 율동과 노래는 제대로 하지 않고 눈으로 부모만 찾을 때야. 아직도 젖을 못 뗐구나, 하는 생각이 들거든."

"재롱잔치에서 그보다 더 속상할 때가 있어."

다른 애들한테 뒤질 때이겠지, 하고 이숙희는 예상했다. 아들이 유치원 다닐 때 달리기나 게임 같은 데서 뒤질 때면 그녀는 속이 뒤집혔다. 집으로 돌아오는 길에 아들에게 말했다. 아빠가 장교야. 네가 그러면 장교의 아들이 못돼. 친구들을 이겨야 해.

"더 속상할 때가 언제야?"

"애가 율동과 노래를 하면서 눈으로 부모를 찾지 않을 때야. 이건 재롱잔치가 아니거든."

찻집 주인이 이숙희에게 글라스를 가져왔다. 글라스에는 차가 들어 있었다.

"아직 차를 주문하지 않았는데."

"미리 가져다 놓는 음료수 같은 거예요. 글라스에다 뜨거운 물을 붓고 거기에다 찻잎을 조금 넣었어요."

글라스에서 바싹 마른 찻잎이 물 위에 떠 있다가 물기

를 빨아들이면서 한 장, 한 장 바닥으로 가라앉았다. 찻잎은 바닥에서 펼쳐지면서 봄날에 차나무 가지에 붙어 있는 싹처럼 변했다.

이숙희가 글라스를 집어 들었다. 찻물은 봄볕을 받는 신록처럼 따뜻하고 연두색이었다. 차 맛은 좋았다.

"이건 무슨 차인가요?"

"내 고향이 남도거든요. 거기에 부모님이 사셨던 집과 가꾸었던 텃밭이 있어요. 텃밭에다 채소를 심어 가꿀 수는 없어서 차나무를 심었어요. 작은 차밭이 만들어졌지요. 거기에서 찻잎을 따서 대충 덖어둔 거예요."

"맛이 대충은 아닌데요."

"물이 좋으니까요."

"생수를 쓰나요?"

"돈을 주고 사는 생수가 찻물로 늘 좋은 건 아닙니다."

"이건?"

"수돗물이에요. 한강에서 취수한 수돗물이 의외로 차를 잘 우러나게 해요. 맛도 좋고."

손님이 계산대로 가자 주인이 일어섰다. 이숙희는 차를 한 모금 마셨다.

옆자리 여자들이 베란다의 채소밭을 얘기했다. 화분을

몇 개 놓으면 채소를 길러서 먹을 수 있다. 상추, 아욱, 배추 같은 것들. 열매도 딸 수 있어. 고추나 가지. 나는 토마토가 좋은데. 무슨 소리야, 고추가 최고지. 고추는 역시 오이고추야. 크잖아? 고추가 커 봐야 고추지. 큰 거 찾으면 가지를 길러. 거무튀튀하면서도 매끈한 게 맘에 들어. 옛날 네 애인인 제임스의 그것처럼? 옛날 얘긴 왜 해? 옆자리 여자들이 계속 떠들자 이숙희가 탁자에다 글라스를 탁 소리가 나게 놓았다. 글라스 바닥에서 찻잎이 흔들렸다. 여자들은 잠시 입을 다물었으나 다시 얘길 시작했다. 이전보다 목소리는 낮추었다.

이숙희가 손으로 주인을 불렀다.

"주문할게요."

"그러세요."

이숙희가 글라스를 가리켰다.

"이걸로 한 잔 더 줘요."

"이건 파는 게 아닌데."

"오늘은 팔아 봐요."

"맘에 드셨나 보다."

"맛도 좋지만 마른 찻잎과 뜨거운 물이 뒤섞여서 차가 우러나는 걸 볼 수 있어서요."

*

    몽골 설원이 펼쳐져 있다. 여기에는 눈뿐이다. 눈 내린 전선을 우리는 간다, 하고 군대에서 군가를 불렀을 때 정한초가 떠올렸던 건 눈만이 아니다. 눈을 이고 선 소나무의 불그죽죽한 줄기, 눈 녹은 물에 의해 거무튀튀한 색깔이 짙어진 바위, 군화에 밝혀 눈 위로 드러난 낙엽 등등이다. 사무르텐의 설원을 내가 본다, 하고 말할 때 정한초가 마주하는 건 말 그대로 설원이다. 거기에는 눈을 이고 선 나무가 없고, 바위는커녕 눈 녹은 물조차 없으며, 발자국이 아무리 깊이 박혀도 결국 눈밖에 보이지 않는다.

    그는 창밖의 눈을 볼 때 침묵했다. 케토르는 창가에서 남쪽을 보며 울곤 했다. 예전에 겨울을 보낸 곳이 그리워서 그러는 듯했다. 몽골의 매와 독수리는 겨울이면 남쪽으로 가서 지내다가 봄에 돌아온다. 한반도의 DMZ는 몽골의 검독수리가 겨울을 나는 곳으로 널리 알려져 있다. 케토르도 잡히기 전에는 겨울을 저 남쪽에서 보냈으리라. 그곳이 어디일까? 혹시 한반도였을까?

    눈의 계절에 밤은 길다. 정한초는 긴 밤을 보내면서 백지에다 글을 썼다. 지난가을에 사냥매의 훈련을 정리했듯이 올겨울에는 매사냥을 정리했다. 늦가을에서 시작해 눈이 초원을 두껍게 덮기 전인 초겨울까지 했던 매사냥은 총 열두 번이었다. 여우를 잡기도 했고, 토끼 한 마리 발견하지 못하기도 했다. 그의 기대보다 케토르가 잘한 적도 있었고, 거기에 미치지 못한 적도 있었다. 잘했을 때는 칭찬해주었고 그러지 않았을 때는 다음을 기약하자고 말했다.

겨울이 깊어지고 말과 양은 추위에 떨었다. 그것들은 서로 몸을 붙여서 추위를 이겨냈다. 혼자 사는 그는 난로 가에 앉아서 수태차를 마시거나 설원을 내다보았다. 그러다 보면 가끔은 케토르를 거느리고 당장 뛰쳐나가고 싶었다. 그는 그러지 않았다. 위대한 전략 가운데는 기다림도 있으니까.

기다림을 전략으로 선택한, 역사적으로 유명한 장군들이 많다. 그중의 한 명은 이순신이다. 이순신은 물때를 기다리고 적선이 함포의 사정거리 안에 들어오길 기다린다. 그 기다림을 이순신은 어디에서 배웠는가? 남해에서 사는 백성에게서 배웠다. 백성은 남해에 살면서 물이 들고 나길 기다린다.

정한초는 이순신에 관해 남과 달리 해석했고 또 다른 사람들의 남다른 해석을 만났다. 남다른 정도가 아니라 느닷없는 해석이라고 여긴 건 윤진후의 주장이었다.

정한초는 중대장 시절에 윤진후를 휘하에 두었는데 다른 부대로 떠나면서 그를 잊었다. 대대장 취임 직후에 채순애와 통화하다가 그를 떠올리게 됐다. 너와 같은 운동권이 내 휘하에도 있었지. 윤진후라고 우리 고향의 중학교 후배야. 혹시 알아? 채순애가 즉시 대답했다. 알아. 그런데 그는 약간 특이해. 게릴라니까. 농담하지 말고. 게릴라 맞아. 정한초는, 윤진후가 게릴라라는 말을 들을 정도로 격렬한 운동권이 됐다고 여겼다. 그는 중학교 동창들의 안부로 화제를 돌렸다. 채순애가 한 달 후 일요일에 중학교 동문회가 서울에서 열린다는 걸 알려주었다. 그렇게 통화는 끝났고 그는 윤진후를 잊었다. 며칠 후에 동문회 주최 측에서 연락이 왔다. 동문회에 대대장이 꼭 참석해서 자리를 빛내달라고 부탁했다. 정한초는 중대장 시절에는 가지 않았으나 대대장으로 승진했으니 귀빈석에 자리가 있을 거로 예상해서 참석하기로 했다. 동문회에 나갔더니 그의 예상대로 귀빈석에 자리가 마련돼 있었다. 그리고 동문회에는 채순애만이 아니라 윤진후도 나와 있었다.

윤진후는 진짜 게릴라였다. 게릴라 가드닝(guerrilla gardening)을 하는 활동가여서 그렇게 불렸고 자신도 게릴라라고 자기소개를 했다. 윤진후가 도시의 빈터에다 주인

허락 없이 채소와 화초 씨를 뿌리는 게 게릴라 가드닝이라고 설명해주었다. 정한초가 무슨 그런 이상한 외국 일까지 하느냐고 묻자 윤진후가 이 나라에서도 했던 일이라고 답했다. 조선 시대에 스님들도 게릴라 가드닝을 했다는 거였다. 조선 시대는 유교를 받들면서 불교를 멀리했다. 절이 산속에 있다고 해서 스님들이 그 산을 제 맘대로 할 수 있는 게 아니었다. 나무를 베거나 개간해서 뭘 심는 데도 제약이 따랐다. 이런 상황에서 어떤 스님들은 나라의 소유지인 산에다가 차 씨를 뿌렸다. 이게 바로 게릴라 가드닝이다. 그 차 씨가 싹을 틔우고 차나무가 자라서 야생차밭이 됐다. 다인이라고 자처하는 이들이 야생차 운운하는데 그들은 조선 시대 스님들의 게릴라 가드닝에 대해서는 모른다.

정한초가 고향 마을 뒷산에도 야생차밭이 있다고 했다. 윤진후는 거기에 가 보고 싶다고 했다. 정한초와 윤진후는 읍내 중학교 동문이긴 하지만 졸업한 국민학교는 달랐다. 정한초가 야생차밭의 위치를 설명하고 나서 덧붙였다.

"야생차밭이 있는 산골짜기 이름이 절골이야. 차밭 가운데 절터도 있어. 절 이름은 전해오지 않지만."

"관음사(觀音寺)가 아니었을까요?"

"나는 불교에 까막눈이어서 그러는데 왜 관음사야?"

"관음은 중생을 구제하는 보살이어서 절 이름에 많이 등장해요."

"나는 별로 듣지 못했는데?"

윤진후가 관음에 관해 설명했다. 정한초는 관심이 없는 데에다가 낯선 한자어가 많아서 흘려들었다.

윤진후가 관음을 모시는 관음사를 두고 얘기하다가 느닷없이 물었다.

"군인이니까 이순신 장군에 관해서 잘 아시죠?"

"당연하지."

"그분이 마지막 숨을 거둔 데가 어디죠?"

"남해도 관음포."

"왜 관음포라고 했을까요?"

"관음사가 있어서……?"

"그래요."

윤진후가 임진왜란은 관음사에서 시작해 관음사에서 끝났다고 말했다. 정한초가 그건 또 무슨 말이냐고 물었다. 윤진후가 얘기를 시작했다. 도요토미 히데요시가 영지를 순시하다가 관음사에 들렀다. 목이 마르자 차를 가져오라고 명령했다. 거기에서 공부하고 있던 이시다 미쓰나리는 세 번에 걸쳐 차를 낸다. 처음에는 미지근한 차, 그다음은 따뜻한 차, 마지막에는 뜨거운 차. 히데요시는 미지근한 차를 단숨에 마셔서 갈증을 푼다. 따뜻한 차에서는 맛을 느낀다. 이미 갈증을 풀었으니까 천천히 마시다 보니 맛을 느끼게 된 것이다. 마지막으로 뜨거운 차에서는 향기를 맡는다. 뜨거운 차라서 바로 마시지 못하고 손으로 들고 있으니까 자연스레 향기를 맡게 됐다. 히데요시는 온도가 다른 차를 세 번에 걸쳐 낸 자를 부른다. 그에게 자신과 함께 일하자고 제안한다. 미쓰나리는 히데요시를 따라나서고 그의 일급 가신이 된다. 임진왜란에 깊숙이 개입하고 조선에도 왔다. 이 윤진후의 판단인데 미쓰나리가 없었다면 히데요시는 조선 침략을 쉬 하지 못했으리라. 어쨌든 히데요시는 임진왜란 중에 죽는다. 조선과 왜의 마지막 싸움이 노량에서 벌어진다. 이순신은 이 싸움에서 총탄에 맞는다. 노량 인근의, 관음사가 있었던 포구인 관음포에서 숨을 거둔다. 일본의 관음사에서 그 싹을 내민 임진왜란은 조선의 관음사에서 마무리된다.

윤진후의 얘기를 정한초는 다 받아들일 수 없었다.

"너는 예전에 중국의 미라에서 발견된 오이씨를 얘기했지. 그걸 땅에 심어서 싹 틔운 사람이 바로 미라의 후손이었다고 했어. 그 얘기처럼 믿기 힘들어."

"역사는 믿기 힘든 얘기 속에다 진실을 숨겨두지요."

"아무튼 나는 이순신 장군이 돌아가신 데 대해 애석해했어. 육사 다닐 때는 장군이 노량에서 목숨을 걸 게 아니라 한양으로 가서 선조의 목을 단칼에 잘라버리고 새 나라를 만들어야 했다고 여겼지. 선조, 이놈은 싸구려 사대주의자이거든."

"왜 노량에서 목숨을 걸었을까요?"

"여러 해석이 있는데……."

"찻사발을 지키기 위해서는 아니었을까요?"

"이건 또 무슨 소리야?"

"임진왜란을 도자기전쟁으로 부르기도 하죠. 왜군은 도자기에, 특히 찻사발에 관심이 많았어요. 당연히 순천에서 노량을 거쳐 일본으로 돌아가는 배에는 뺏은 찻사발이 많았겠지요. 그걸 이순신 장군은 두고 볼 수 없었을 거예요. 찻사발은 전쟁을 일으킨 왜군의 전리품이 아니라 함께 차를 마시고 정담을 나누는 조선 백성의 그릇이어야 한다고 여겼을 테니까요. 그런 그릇이 유출되지 않게끔 막으려고 나섰는데 그만 왜군의 총탄에 맞았어요. 찻사발을 지키려다 총에 맞았으니 어디서 숨을 거두어야겠어요? 차밭이 있는 포구일 수밖에 없죠. 관음포 뒷산에는 관음사에 딸린 차밭이 있었을 거예요. 이순신 장군이 관음포에서 숨을 거둔 건 우연이 아니라고요."

정한초는 그의 해석을 느닷없는 것으로 여겼다.

"견강부회로 우연을 필연으로 만들 수 있지."

"세상에는 필연만 있어요. 들어 보셨죠? 우연이란 것도 필연이 잠시 가면을 쓰고 있는 것일 뿐이라고."

"너만큼 나도 이순신 장군을 알아. 장군은 차를 마시지 않았어. 이런 양반이 뭐 하러 찻사발에다 목숨을 걸겠나?"

"이순신 장군을 안다면 그분의 시조도 아시죠? 한산섬 달 밝은 밤에, 하고 나가는 시조."

"그거야 이 땅의 국민학생도 알지."

"거길 보면 수식어가 많아요. 혼자 앉아의 '혼자', 긴 칼의 '긴', 깊은 시름의 '깊은'이 있지요. 이순신은 긴 일기에서도 수식어를 좀체 쓰지 않았는데 짧은 시조에서는 여럿을 썼단 말이죠. 왜 그랬을까요?"

"시조이니까 글자 수를 맞추려고 그랬겠지."

"시조를 지을 때 차를 마셔서 그래요. 차를 마시면 마음이 풀어져서 말에 수식어가 늘어나거든요."

"말도 안 돼."

"선배는 차를 거의 마시지 않죠? 당연히 차를 마시면 수식어가 늘어나는 걸 모르죠."

정한초는 윤진후의 바보 같은 얘길 듣고 있는 자신이 바보 같았다.

"나는 이제 다른 동문들을 만나고 싶은데……."

"가기 전에 이것만 대답해주세요. 다른 건 받아들이지 않아도 임진왜란이 일본 관음사에서 시작해 조선 관음사에서 끝났다는 건 받아들이셨죠?"

"나는 명색 중학교 선배라서 그런 궤변을 참고 들었어. 너, 다른 데서는 그런 헛소리 하지 마라."

"제 말은 정말입니다."

"천만에, 헛소리야. 그리고 게릴라 가드닝이니 뭐니 하는 것은 헛짓거리이고. 제발 이제는 정신 차리고 살아."

"정신 차리고 살아서 게릴라 가드닝을 하는 겁니다."

"너는 예전에 군대 막사 앞에다 야생초를 심었어. 그게 꽃을 피웠고. 그 꽃을 부대원들이 보기는 했지. 거기까지야. 그래 봐야 변한 건 없어. 야생화를 봤다고 해서 부대원이 전쟁을 거부하고 평화주의자가 되는 게 아니라고."

"당장 그렇게 되지는 않았어도 그 야생화가 마음에 남아서 훗날 평화주의자가 된 사람이 있었을 겁니다."

"야생화 몇 송이를 봤다고 평화주의자가 돼? 그런 미미한 것은 아무런 변화도 일으키지 못해."

"나비효과라고 아시죠?"

"물론."

"뿌리효과란 게 있어요."

"금시초문이야."

"게릴라 가드닝을 하면서 내가 만든 용어죠. 나비효과가 지상의 바람에 관한 거라면 뿌리효과는 지하의 물에 관한 것이죠. 작은 식물의 뿌리 하나가 땅에서 뻗어나가면 지하의 물길이 영향을 받아요. 그게 지구 반대편에 이르러서는 지진을 일으킬 수 있어요. 핵폭탄만 지진을 일으키는 게 아니지요."

정한초는 쓰게 웃고 말았다.

사무르텐 설원에는 눈이 쌓여 있다. 그 밑의 흙은 얼어붙어 있다. 설원 저 너머의 냇물도, 호수도 얼어붙어 있다. 설혹 뿌리효과가 있다고 해도 여기서는 작동하지 못한다.

한반도에 살 때도 얼어붙은 산하를 만났다. 강원도 산골에서 겨울을 보내다 보면 강추위에 얼어붙은 산하를 자주 본다. 그런 산하도 한낮에는 일부 녹는다. 양지에서는 눈이 녹은 물에 바닥이 질퍽거린다. 막사의 고드름에서 물방울이 떨어진다. 하루 내내 녹지 않을 때도 있지만 그런 강추위는 오래 가지 않는다. 짧으면 사나흘, 길어 봐야 열

흘이면 끝난다. 몽골에서는 녹지 않는다. 일단 얼어붙으면 그게 겨우내 이어진다. 말하자면 한반도 강추위는 쉬 부서진다. 몽골의 강추위는 부서지지 않는다.

한반도 눈은 햇볕을 받아들여서 물이 되지만 몽골의 눈은 햇볕을 튕겨내면서 그대로 남아 있다. 한반도 눈은 본질이 물 같지만, 몽골의 눈은 본질이 얼음 같다. 물에서 온 눈은 물처럼 부드럽다. 얼음에서 온 눈은 얼음처럼 차갑다.

설원에 달빛이 내리면 차가움이 의식되지 않는다. 달빛에 젖은 몽골의 설원을 보고 있으면 한반도의 설원이 떠오른다. 한반도 설원에서 아들은 행군하고 있을까? 나이로 보아서는 군대에 갈 때가 됐다. 군장을 하고 설원에서 행군하고 있는지도 모른다. 아들은 나를 떠올리겠지만 전사했다고 믿으리라. 내가 어릴 적에 내 아버지의 전사를 믿었듯이.

아들은 예전에 내가 그러했듯이 철책을 지킬 수도 있다. 총으로 아버지가 넘어간 북쪽을 겨누었을까? 낯선 움직임이 포착되면 바로 쏘았을까? 아니면 아버지가 군사분계선을 넘어서 귀환할지도 모른다고 여겨서 지켜보았을까? 알 수 없으나 이건 알 수 있다. 방아쇠는 차가워도 아들 손가락은 따뜻하다는 것.

아내의 손도 따뜻했는데……. 아내는 어떻게 살고 있을

까? 아내가 재혼했으면 좋겠다. 재혼하지 않았다면 내 생존을 믿고 있는 것이 된다. 북으로 넘어간 내가 살아 있다고 믿고 있다면 국가보안법이 엄존하는 나라에서 살아가기 힘들다. 내가 전사했다고 여기고 다른 남자를 만나는 게 좋다. 그래야 아내도 살고 아들도 산다.

북한에 갇혀 친아버지의 삶을 되새길 때 아내의 재혼을 바랐다. 친아버지는 혼자 살아왔다고 했다. 왜 그랬는지는 말하지 않았다. 그가 왜 혼자 살아왔느냐고 묻자 친아버지는 쓰게 웃었다. 그는 그 웃음의 밑바닥에 깔린 쓰라림을 읽었다. 친아버지의 쓰라림을 아내가 반복해서는 안 된다고 생각했다.

정한초는 몽골에 와서는 아내를 잊기로 했다. 어차피 아내와는 만날 수 없다. 아들과도 그렇고. 그렇게 자신을 설득했지만 가족을 잊을 수는 없었다. 가족이 떠오르면 그는 일을 했다. 양을 몰고 초원으로 나갔다.

초원에서 야우호이를 만나면 그는 유목 얘기만 하려고 하지만 야우호이는 아니다. 그는 자꾸만 한반도를 꺼낸다.

"한반도에서 터질지도 모르는 핵무기가 무서워서 몽골까지 왔다고 했어요. 그 핵무기가 한반도에 있다는 말이 도는데 왜 자꾸 거길 들먹이세요?"

"잊지 않으려고."

"한반도를요?"

"아니, 핵무기를."

"그 무서운 걸 왜?"

"칠순 잔치를 준비하려고 체체를렉에 나갔다가 일본인 관광객을 만났어. 나이 든 여자인데 나가사키에서 왔다고 하더군. 나는 당장 물었지. 원폭이 떨어진 그런 도시에서 살기가 꺼림칙하지 않은가? 그녀는 괜찮다고 하더군. 여가 활동을 물었더니 감나무를 기른다고 하더라고."

감나무라면 정한초는 고향에서 볼 만큼 봤다. 집집마다 감나무가 있어서 홍시와 곶감을 얻었다. 고향 집에도 마당 가에 대봉 두 그루가 있었다.

"다른 나무도 많은데 왜 감나무래요?"

"나가사키에 떨어진 원폭에도 죽지 않은 감나무가 있다는구먼. 그 감나무의 감에서 씨를 받아 키운 나무래."

"원폭이 떨어져도 이렇게 죽지 않는 게 있다는 걸 되새기겠군요."

"원폭이 떨어지면 죽는다는 걸 되새긴다고 하더군. 그래서 반전 활동을 한대. 나는 말이야……부끄러웠어."

앞으로도 야우호이는 한반도를 얘기하리라. 그와 만나

지 않는 게 좋을 듯했다. 어차피 매사냥에 관해서 배울 만한 것은 다 배운 터라서 그와 만나야 할 이유도 없다. 양과 말에 관해서는 다 안다고 할 수 없지만 그것이야 몽골인들에게 물어보면 되니까.

정한초가 설원 위 남쪽 하늘을 쳐다보았다. 푸른 몽골의 하늘이다. 오늘은 눈을 몰고 오는 구름이 없어서 하늘은 멀다. 한반도 하늘은 산등성이에서 고개를 내밀어 여길 내려다보고 있지만 몽골 하늘은 초원이나 설원 저 너머에서 고개를 돌려 다른 데를 보고 있다. 한반도 하늘이 울타리 안의 가축 같다면 몽골 하늘은 야생의 매 같다. 야생의 매를 잡아서 사냥매로 만들었으니 몽골 하늘을 내게 붙들어두고 있는 것과 같다.

정한초가 케토르에게로 눈길을 돌렸다. 케토르는 창가에서 하늘을 보고 있다. 부리는 날카롭고 발톱은 더 날카롭다.

"케토르, 조금 더 기다리자. 봄이 온다."

＊

겨우내 설원은 냉동된 사체 같았다. 바람이 격렬한 소

리를 내도 설원은 꼼짝하지 않았다. 그 위에서 별은 아무런 소리도 내지 않고 격렬하게 빛났다. 한반도의 DMZ 위에 뜬 별에서는 가끔 습기가 느껴지는데 몽골의 설원 위에 뜬 별에서는 늘 격렬함이 느껴졌다. 말을 하면 입김만이 아니라 그 말까지 얼어붙을 것 같은 몽골의 겨울 추위에도 움츠러들지 않겠다는 그런 격렬함. 밤에 바람 소리가 잦아들자 설원은 조금씩 풀어졌다. 설원에 내리는 달빛이 부드러워지면서 정한초는 별의 격렬함 대신 달빛의 반짝거림을 찾았다. 낮에 바람의 끝이 무더지고 햇볕이 오래 머무르면서 설원은 얇아졌다. 눈은 햇볕에 녹아 물방울이 되거나 말발굽에 짓이겨져 흙과 뒤섞였다. 설원은 군데군데 금이 가고 여기저기가 깨졌다. 초원이 드러나자 케토르가 창문 옆에서 날개를 펼쳤다.

정한초는 오늘 케토르를 데리고 호수에 가기로 했다. 말을 타고 천천히 한나절쯤 동쪽 들판을 가다 보면 거기에 이른다. 얼음이 풀려서 호숫물이 반짝이리라.

정한초가 우리에서 간자말을 끌어냈다. 안장을 채우고 위로 올라탔다. 말이 가볍게 몸을 흔들었다. 그는 말에서 전해오는 율동을 몸으로 느꼈다. 이것이 바로 초원의 율동이라고 생각했다.

"케토르, 오너라."

그가 토시를 찬 왼팔을 내밀었다. 케토르가 창문 옆에서 날아올라 토시에 앉았다. 오늘은 사냥이 아니고 정찰이므로 눈가리개는 씌우지 않았다. 동쪽을 향해 말머리를 돌렸다. 가볍게 기침을 하자 말이 걸음을 뗐다. 눈이 녹아 마른 풀이 드러난 데가 대부분이지만 군데군데 얼음덩이는 있었다. 봄이 오면 풀은 거의 같은 시기에 싹을 내민다. 대지는 겨울이 남긴 흔적을 동시에 지우지 못해도 싹을 올리는 건 동시에 한다.

날씨는 포근했다. 케토르는 남풍이 기꺼운지 위로 날아올랐다. 저 위쪽에서 한참 선회했다.

야우호이는 몇 년 동안 매와 지내다가 봄에 떠나보낸다고 했다. 매와 친구가 됐다고 해서 언제까지 더불어 살 수는 없지. 올라탄 말에서 언젠가는 내려야 하듯이, 초원만 갈 수는 없고 사막도 만나게 되듯이, 매를 언제까지나 곁에다 잡아둘 수 없거든. 떠나지 않으려고 하는 매는 없나요? 있지. 그런 매를 떠나보내려면 멀리 가야 해. 말을 타고 하루나 이틀쯤 가다 보면 매가 날아올라. 나는 그를 보내고 돌아서지. 아무리 아쉬워도 뒤를 돌아보지 않아. 매는 자신의 나라를 새로 만드는 영광을 앞두고 있으므로 아쉬움을 드러내는 짓은 그의 영광을 바라지 않는다는 뜻이 될 수도 있거든.

그렇게 보낼 거면 왜 매를 길들이세요? 정한초의 물음에 야우호이는 대답하지 않았다. 당신은 소일거리로 매를 길들이는 건가요? 그렇다면 당신은 매사냥꾼이 아닌데…… 정한초는 대답해달라고 다그쳤다.

야우호이가 입을 열었다. 예전에 라마교 순례자들이 초원을 지나가기에 우리 집으로 초청했어. 그들은 밤이 되자 내게 이렇게 말했지. 촛불을 쉬게 합시다. 나는 촛불을 꺼왔어. 그러면 그건 죽었지. 다음에는 새 촛불을 만들어내야 해. 나는 그렇게 알았는데 그 순례자는 촛불이 사라지지 않는다고, 잠시 쉬게 해두면 부를 때 나타난다고 했어. 매를 보내는 일도 그것과 같아. 내 마음 밖에서 매를 쉬게 하는 것이지. 내가 원하면 매는 내 마음속으로 와.

정한초는 오늘 만날 호수를 마음에다 불러들였다. 영원히 푸른 하늘이 잠긴 호수는 순간순간 반짝이며 물결을 일으킨다. 물결은 말갈기처럼 일어섰다가 양털처럼 가라앉기를 반복하면서 가장자리로 온다. 물가에서 부서진 후에 사라진다. 아무것도 뒤에 남기지 않는다.

내가 죽으면 뼛가루를 호수에다 뿌려달라고 이웃의 유목민에게 부탁해야겠어요, 하고 정한초가 야우호이에게 말한 적이 있었다. 칠순 잔치가 끝난 후에 초원에서 야우호이를 만났을 때였다. 야우호이는 대꾸하지 않고 남쪽을 쳐다보고만 있었다. 그의 모습을 보면서 정한초는 짐작했다. 한반도에서 남북은 휴전 이후 무기를 늘려 왔고 그러다가 전술핵이니 자체 핵무기 개발이니 하는 말까지 등장했다. 여전히 한반도 주변의 강대국들은 설쳐댔다. 그 강대국에 빌붙어야 한다고 주장하는 이들은 떠들어댔고. 그런데 최근에 바뀌었다고 한다. 야우호이가 말해준 것인데, 남쪽 사람들이 휴전선을 넘어 금강산 관광을 간다. 개성에는 남쪽의 자본과 북쪽의 노동력으로 운영될 공단이 만들어지고 있다. 이런 변화를 맞은 한반도를 야우호이는 보고 싶은 것이리라.

"한반도로 여행을 가서 봄날의 따뜻한 햇볕을 받고 싶은 모양이군요."

"이 나이에 여행은 힘들어."

정한초는 그러실 거라면서 고개를 끄덕였다. 야우호이는 계속 남쪽에다 눈길을 두고 있었다.

"내 칠순 잔치를 마치고 막내아들과 매사냥을 나갔어. 막내아들은 이번에 혼자 왔지. 별거하는 아내가 동행하는 걸 거부했대. 그런 막내아들이라서 매사냥에 나가서는 적극적으로 나서지 않았어. 가끔 매를 쳐다보는 정도였지. 그러다가 내게 이렇게 말했어. 매한테도 다리가 있고 손이 있군요. 나는 무슨 말인지 몰라서 막내아들을 보고만 있었어. 막내아들이 사냥감을 움켜쥔 매를 가리켰어. 보세요. 매의 발은 사람의 손과 같아요. 매는 발로 움켜쥐니까요. 네 말대로라면 매에게는 발이 없겠구나, 하고 내가 말했어. 막내아들이 그러더군. 매에게는 발이 있어요. 날개이지요. 사람은 발로 땅에서 걷지만 매는 날개로 하늘에서 걸으니까요."

"듣고 보니 매의 날개가 사람의 발 같네요."

"막내아들이 그러더군. 아버지, 제가 아내와 별거한다고 해서 너무 걱정하지 마세요. 매의 발이 실은 손인 것처럼, 우리의 별거도 실은 더 좋은 만남을 위한 것일 수 있어요."

"그럼요, 젊었을 때는 그렇게 싸우기도 하고 그러죠. 곧 화해해서 좋은 부부가 될 거예요."

"매사냥을 마치고 돌아올 때 아들이 묻더군. 아버지께서 돌아가시면 티벳 사람들처럼 조장(鳥葬)을 할 건가요? 워낙 매를 좋아하니까 돌아가시면 몸을 매에게 내어주고 싶어 하실 것 같은데, 아닌가요? 나는 조장을 바라지 않는다고 했어. 죽으면 뼛가루를 한반도에다 뿌려달라고 유언

했지. 감나무 두 그루를 심고 그 밑에다 뿌려달라고."

야우호이가 왜 감나무를 말하는지 알 만해서 정한초는 고개를 끄덕였다. 그런 후에 헤어졌는데 오늘 돌이켜 보니 그 감나무를 어디에다 심는지는 묻지 않았다. 그의 고향일까, 아니면 그가 정해놓은 다른 장소일까? 그건 그렇고 그게 왜 두 그루일까?

정한초는 야우호이의 생각에서 벗어나려고 호수를 떠올렸다. 호수는 얼음이 녹아 있다고 해도 아직은 차가우리라. 그렇지만 그만큼 맑겠지. 그 무엇도 깃들 수 없을 만큼 맑아서 오직 하늘만 깃든다. 하늘, 사냥매가 지배하는 하늘.

"케토르, 호수에 가면 물가에서 시끄럽게 구는 새들을 쫓아내버려. 그런 다음에 호수 위를 날아 봐."

정한초가 말고삐를 가볍게 휘둘렀다. 말이 발걸음을 조금 더 빨리했다.

들판을 지나서 언덕 아래에 이르렀다. 케토르라고 불리는 언덕이었다. 작년에 케토르를 만난 곳이었다. 이 언덕에 올라서면 호수가 앞에 펼쳐진다.

케토르가 언덕 위를 쳐다보며 천천히 날개를 펼쳐 내저었다. 바람이 얼굴로 밀려왔다.

"케토르, 누가 언덕 위에 먼저 가는지 시합하자."

그가 왼팔을 쭉 내밀었다. 케토르가 날아오르자마자 그는 말을 몰았다. 말이 언덕을 오르기 시작했다. 케토르가 언덕 밑자락의 떨기나무 숲 위에서 선회했다.

"여유를 부려도 나보다 먼저 언덕바지에 갈 수 있다는 거지? 과연 그럴까?"

그는 고삐 끝으로 말을 후려쳤다. 말은 단숨에 언덕을 오를 기세로 내달렸다. 떨기나무 숲을 지나자 풀밭이 이어졌다. 바람이 확 밀려들면서 전망이 넓어졌다. 앞에 호수가 보였다. 햇볕이 내리고 있는 호수에는 성엣장이 군데군데 떠 있었다. 그렇기는 해도 호수는 새파랗게 빛나서 자신의 계절이 겨울 아닌 봄임을 알려주었다.

호수는 한쪽을 언덕 너머에다 숨기고 있어서 크기를 정확히 알 수 없었다. 몽골은 초원도 넓지만 호수도 넓다. 초원은 말로 가로지를 수 있으나 호수는 그럴 수 없다. 호수를 넘나드는 건 사냥매다.

"케토르!"

그가 불러도 케토르는 아직도 언덕 아래서 날아다녔다.

"이리 와."

케토르가 위로 솟구쳤다. 순식간에 언덕 위로 왔다. 몇 번 선회하다가 호수 쪽으로 날아갔다.

"호수에다 네가 왔다고 알리고 와."

케토르가 호수 위를 날아갔다. 새파란 물 위에서 갈색 덩이가 움직이는 듯했다. 그 덩이가 작아지면서 날갯짓은 보이지 않았다. 작은 흙덩이처럼 돼버렸다. 흙덩이는 물에 풀려 사라질 듯하다가 호수로 뻗어 나온 언덕 위로 갔다. 호수가 몸을 숨긴 언덕 너머로 케토르도 몸을 숨겼다.

정한초는 언덕에서 호숫가로 내려가지 않았다. 호숫가에서 말을 내달리고 싶었으나 여기서 케토르를 기다리기로 했다. 언덕바지의 바람이 거칠게 말갈기를 빗질했다.

케토르는 좀체 오지 않았다. 그는 언덕 위에서 말을 내달렸다. 이쪽에서 저쪽으로, 저쪽에서 또 다른 저쪽으로.

호수 위로 갈색 덩이가 떴다. 멀리 있어서 그것은 흐릿했다. 위아래로, 좌우로 움직여서 바람에 날리는 이파리 같았다. 그 이파리가 자꾸만 두 개로 보였다. 그는 쉰네 살의 나이를 실감했다. 눈이 이제 노안이 됐다. 노인이 되기 전에 노안이 된다고 하더니 사실이었다.

갈색 덩이 두 개가 이쪽으로 다가왔다. 그건 두 마리의 매였다. 한 마리는 케토르였다. 다른 한 마리는 케토르보다 갈색이 짙고 몸집이 컸다. 야우호이가 그랬다. 암컷 매가 더 크다.

"케토르, 이리 와."

케토르가 그에게 눈길을 주는 것 같았다.

"여기야 여기."

그는 왼팔을 내밀었다. 가죽 토시에는 케토르의 발톱 자국이 선명했다. 그는 오른손으로 토시를 두들겼다. 케토르는 내려앉지 않았다. 그는 왼팔을 흔들어댔다.

언덕 아래의 호숫가에서 케토르와 암컷 매가 선회를 시작했다. 그는 이제껏 케토르가 위에서 나는 걸 땅바닥에서 올려다보았다. 날카로운 발톱이 박힌 다리가 보였다. 언덕 위에서 내려다보자 다리는 보이지 않았다. 가장자리 선이 부드러운 날개가 보였다. 날개는 바람의 결을 따라 미끄러지고 있다.

매 한 쌍이 춤춘다. 이것은 파드되이다. 신혼 때 아내와 '백조의 호수'를 봤고 아내는 남녀 주인공이 춤추는 걸 가리켜 파드되라고 했다. 2인무라는 뜻이야. 발레의 꽃이지. 정한초는 발레리나가 무리 지어 백조의 춤을 추는 게 더 보기에 좋았다. 그렇다고 말하지는 않았다. 신혼 때는 내 총으로 내 표적지를 맞히기만 해서는 안 된다. 내 총으로 옆의 표적지도 맞혀야 한다.

2인무는 북한에서 갇혀 있을 때도 들었다. 그의 식사를 책임진 여자가 그와 헤어지기 전날 이런저런 얘길 하는 중에 그걸 말했다. 젊어서 무용수였다는 그녀는 2인무가 가장 어렵다고 했다. 독무는 혼자 하기에 그렇게 어렵지 않다. 군무는 여러 사람이 동작을 맞추는 거라서 어렵게 보이지만 실은 그렇지 않다. 모두 잘 맞출 수 있도록 몸짓이 크고 동작은 몇 개에 그친다. 2인무는 혼자가 아니어서 어렵다. 상대방과 어울려야 하니까. 그렇다고 자신만의 동작을 포기해서는 안 된다. 자신만의 동작이 없으면 2인무가 아니라 군무가 된다. 2인무는 둘이면서 하나이고 하나이면서 둘인 무용수의 춤이다.

2인무를 케토르와 암컷 매가 추고 있었다. 두 마리 매는 이전에 만난 적이 없을 텐데도 서로 잘 어울렸다. 오랜 세월 호흡을 맞춰온 무용수들처럼.

매 한 쌍은 호숫가에서 안쪽으로 날아갔다. 그들의 춤은 호수를 무대로 삼아 이어졌다. 무대가 넓어서 매 한 쌍의 춤사위는 거침이 없었다.

매 한 쌍은 위로 솟구쳤다. 영원한 푸른 하늘에 구멍이라도 내버릴 듯이. 그러다가 아래로 향했다. 호수 밑바닥까지 파고들 기세였다. 수면 바로 위에서 옆으로 날아갔다.

정한초가 케토르에게 명령했다.

"돌아와."

매 한 쌍은 크게 소리를 냈다. 주위 눈치를 보지 않고 대화를 나누고 있는 듯했다. 두 개의 소리는 계속 이어졌고 여전히 컸다. 이렇게 큰 소리로 케토르가 다른 매와 대화를 할 수 있구나, 하고 그는 놀랐다.

매 한 쌍은 호수 반대편으로 날아갔다. 계속 날아가서 아주 작아졌다. 정한초 눈에는 가물가물하게 보였다.

"가지 마, 케토르."

하늘은 푸르고 호수는 더 푸르렀다. 그 푸름 속으로 매 한 쌍은 사라졌다. 호수 속으로 들어가버렸거나 하늘로 솟구쳐버린 듯했다. 그는 멀리 있는 말을 찾을 때처럼 실눈을 뜨고 찾아보았으나 그들은 보이지 않았다.

정한초는 이 상황을 정리해 보려고 했다. 케토르를 길들이기 시작한 이후 지금껏 그는 모든 상황을 정리했고 군대식 보고서 형식으로 작성해 놓았다. 지금 이 상황은 정리가 되지 않았다. 군대식 보고서를 작성한다면 첫 줄도 쓰지 못한 상황이다. 케토르가 암컷을 따라 떠나리라는 건 상상하지 못한 일이어서 아직도 그걸 받아들이지 못하고 있으니까. 이렇게 군대식 보고서를 작성하지 못했던 일이 또 있었다. '장군의 귀환'을 시작하자마자 발길을 마을의 할아버지네로 돌린 그 일이다.

바람이 목덜미를 쓸어 갔다. 바람의 결은 거칠지 않고 차갑지도 않았다. 저 남쪽에서 온 것이라는 걸 알 수 있었다. 몽골에서 황사가 가장 많이 한반도로 날아갈 때 한반도에서 봄바람이 몽골로 분다. 봄바람은 황사를 뚫고 항가이산맥을 넘어서 여기까지 온다. 그 바람에 꽃향기는 없다. 흙냄새도 섞여 있지 않다. 그래도 따뜻함은 있다. 목덜미가, 이마가, 손바닥이 느낄 수 있는 따뜻함.

정한초가 말고삐를 챘다. 말은 언덕바지에서 좌우로 내달렸다. 언덕바지는 좁았고 호수는 넓었다. 남쪽으로 펼쳐진 초원은 더 넓었다.

정한초가 초원으로 말머리를 돌렸다.

"가자."

간자말이 바람을 뚫고 내달리기 시작했다. 남쪽의 초원에는 봄날의 햇볕이 그득했다.

텃밭과 꽃밭이 있는 세상

내 마음속에는, 어릴 적에 깃들어 지금까지 이어져 온 공간이 있다. 풍성한 텃밭이다.

작가에게 원형 공간이 있다는 말을 들었을 때도 나는 풍성한 텃밭을 떠올렸다.

내가 어릴 적에 매일 보았던 텃밭은 할머니께서 가꾸셨다. 그곳에서 상추, 배추, 무, 고추, 갓, 가지, 아욱, 마늘, 쑥갓 같은 채소가 자랐다. 상추는 쌈으로, 배추와 무는 김치로, 쑥갓은 무침으로 밥상을 풍요롭게 했다.

텃밭에는 할머니께서 손자를 위해 심은 단수수가 있었다. 사탕수수 일종인데 여름방학 때 밑동을 잘라 껍질을 벗긴다. 고갱이를 씹어서 단물만 삼킨다. 입안 그득 넘쳐 나던 단수수의 단물이, 반세기가 지난 지금도 생생하다.

텃밭에서 잘된 채소는 이웃과 나누었다. 우리 집 텃밭의 상추를 주고 이웃집 텃밭의 깻잎을 받아오는 식이었다.

받아오지 않고 그냥 줄 때도 있고, 주지 않고 그냥 받아올 때도 있었다.

텃밭은 생명이자 어울림이다.

이런 텃밭은 한반도 남쪽에도, 북쪽에도 있다. 대립이 격화되든 화해 분위기이든, 남북의 텃밭은 변함없이 다양한 채소를 길러내 왔다. 사람들은 그걸 먹고 이웃과 나누었다. 이런 텃밭이 있는 한 남북은 내적으로 둘이 아닐 것이다.

이런 점을 염두에 두고 살았기에, 소설을 처음 쓰기 시작했을 때부터 남북의 텃밭을 얘기해 보고 싶었다. 세월이 흘렀으나 그 바람을 지켜서 남북의 텃밭이 등장하는 『매사냥꾼』을 썼다.

나는 도시에서 살고 텃밭을 가꿀 수 없다. 그래도 뭔가 가꾸고 싶다.

작은 빈터를 발견하면 쓰레기를 치우고 거기에다 꽃씨를 심는다. 봉숭아, 나팔꽃 같은 꽃씨를.

작은 빈터에는 화초가 자라고 사람들은 점점 쓰레기를 버리지 않는다. 쓰레기보다 화초가 더 많아지고 그런 후에 꽃밭이 된다.

도시인데도 꽃밭으로 양봉, 토종벌, 뒤영벌, 꼬마꽃벌이 날아온다. 어릴 적 텃밭이 나를 불러들였듯이, 도시의 작은 꽃밭이 꿀벌을 불러들인다.

　꿀벌은 먹이로 꿀을 모은다. 모은 꿀은 나눠 먹는다. 그리고 애벌레를 키우려고 꽃가루를 모은다. 꿀에는 없는 단백질이 꽃가루에는 있기에.

　꿀벌이 꽃가루를 모을 때 씨앗이 맺힌다. 꿀벌의 다음 세대가 시작할 때 초목의 다음 세대도 시작한다.

　빈터를 꽃밭으로 가꾸다 보면 소설은 이런 게 아닌가 하는 생각이 든다. '쓰레기 너절한 빈터를 그대로 둘 것인지, 꽃밭으로 바꿀 것인지, 독자에게 던지는 질문.'

　꽃밭에 오는 꿀벌을 보면 이런 생각도 든다. '소설가는 꿀벌과 같아. 이 시대를 위해 꿀을 모으고 다음 세대를 위해 씨앗을 만들어야 해.'

　나는 집마다 텃밭과 꽃밭이 있는 세상을 꿈꾼다.

　『매사냥꾼』을 쓰면서도 그랬다.

2023년 가을

정범종